Quart*buch*

Sie haben Angst, gering zu gelten, nicht wichtig genommen zu werden, sie sind eifersüchtig, eitel, rachsüchtig. Ein äußerst vergnügliches Panoptikum, mit Cavazzonis berühmtem trockenem Humor geschrieben, in dem die menschlichen Schwächen bis in die hintersten, finstersten Gedankenwinkel ausgeleuchtet werden.

Schriftsteller: ob sie schon lange auf Bäumen sitzen oder frisch aus der Erde sprießen – alle wollen Erfolg haben und geben dafür ihren Namen preis, ihre Herkunft, verdingen sich als Schlittenhunde oder als Diebe. Der eine schließt einen Pakt mit dem Teufel, der andere mit dem Erzengel Michael, während der Avantgardeschriftsteller seit zwanzig Jahren im Keller sitzt und mit der Schere Buchseiten zurechtstutzt.

Ironisch und humorvoll beschreibt Ermanno Cavazzoni in 49 Kapiteln und sieben dazwischen gestreuten Abhandlungen skurrile Lebensläufe.

»Wärmstens zu empfehlen, vor allem den ›ruhmreichen‹ Autoren, denen es nicht schaden würde, einmal über sich selber zu lachen und die kostbare Tugend der Ironie zu erleben.« ItaliaLibri

»Ein unerläßliches Buch für all jene, die erfahren wollen, wie man auf dem besten Wege ein nutzloser Schriftsteller wird.«
Gianni Celati

Ermanno Cavazzoni

Die nutzlosen Schriftsteller

Aus dem Italienischen
von Marianne Schneider

Verlag Klaus Wagenbach Berlin

meiner schönen Emma zugeeignet

Inhalt

Dieses Buch, begonnen im August 1995 in der verstaubten, aber schönen Villa Talon Sampieri in Castel d'Argile, wurde 2001 im Zug auf der Strecke Bologna – Rom und Rom – Bologna zu Ende geschrieben. Meine Dankbarkeit gilt daher der Familie Talon und zusätzlich der Staatlichen Eisenbahn.

HINWEISE ZUR BENUTZUNG DES BUCHS

Wer ein nutzloser Schriftsteller werden will, braucht nur zu üben. Es empfehlen sich Übungen in den Todsünden, deren es sieben gibt; man muß beharrlich so lange bei einer bleiben, bis sich unvermittelt eine neue Sicht auftut und man stumm, schlaff und gänzlich unfähig geworden ist.

Da es aber nicht immer leicht ist, Schriftsteller zu werden, gibt es dafür Schulen. Eine Schreibschule, die etwas auf sich hält, führt den Schüler in die Todsünden ein; die Schulen bestehen aus sieben Dozenten, weil es sieben lehrbare Unterrichtsfächer gibt. Damit das vorliegende kleine Handbuch entstehen konnte, unterzog sich ein Schüler, ein Anfänger, den sieben Unterrichtsstunden (in Wollust, Völlerei, Geiz, Trägheit, Neid, Zorn und Stolz), die wahrheitsgetreu niedergeschrieben wurden, damit künftig jedermann in aller Freiheit davon Gebrauch machen kann.

Doch ist es gleichfalls nicht leicht, nutzlos zu werden, wie sehr man auch lernen, sich abmühen und seinen Kopf anstrengen mag; außer das Leben kommt einem mit seinen Gegebenheiten zu Hilfe. Und von diesen Gegebenheiten gibt es nachgeprüftermaßen sieben: die Schulen, die man besucht, die Familien, von denen man adoptiert wird, die Schikanen, die man aussteht, die Hoffnungen, die schwinden, die Gespenster, die einen heimsuchen, der

Vagabund, zu dem man schließlich wird, und der Schwachsinn, dem man nicht entkommt.

Wenn wir nun die Todsünden mit den Gegebenheiten kombinieren, kommen wir auf genau neunundvierzig mögliche Fälle, eben die, die hier gesammelt und nacheinander dargestellt sind.

Um das Nachschlagen in unserem Handbuch zu erleichtern, auf daß jedermann, hat er das Beispiel gefunden, Schriftsteller und daraufhin auch nutzlos werden kann, bringen wir unten eine Tabelle oder ein vernünftiges Inhaltsverzeichnis, bei dem jede Zahl auf ein Kapitel verweist.

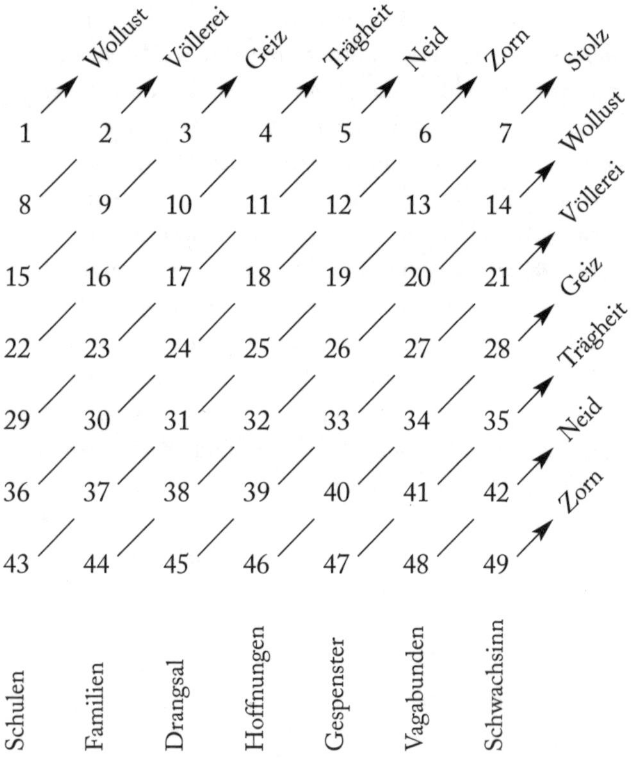

1. Aufblasbare Puppe

Ein Schriftsteller lebte mit einer aufblasbaren Puppe zusammen, die sehr gut gebaut war und einer echten Frau in nichts nachstand, außer daß sie nicht sprechen und sich nicht bewegen konnte.

Er traf sich mit anderen Schriftstellern, von denen jeder seine eigene Puppe hatte; sie saßen im Wohnzimmer oder im Eßzimmer beieinander und unterhielten sich, und die Puppen setzten sie eigens für sich zusammen, denn sie konnten ja weder an der Unterhaltung noch am Essen teilnehmen, was selbstverständlich war; sie waren aber schön anzusehen und ein süßer Duft, wie nach Veilchen, ging von ihnen aus, den sie von der Fabrik mitbekamen und der an den intimen Körperstellen intensiver wurde, aber er lag auch ein wenig in der Luft, wenn sie ihre Kleider anhatten. Es war nicht haargenau derselbe Geruch bei allen, doch bestand eine gemeinsame Basis aus Veilchenduft, die eine leise Ahnung von Wollust um sich verbreitete. Die Schriftsteller rauchten, unterhielten sich, atmeten seelenruhig den Duft ein, wenn er ihnen unter die Nasen schwebte; und die aufblasbaren Puppen sahen gleichfalls aus, als wären sie zufrieden mit dieser gut geregelten Welt, zufrieden miteinander, wenn man das sagen kann, und jede vollkommen zufrieden mit ihrem Schriftsteller. Er mochte eine Glatze haben oder üppigen Haarwuchs, jung oder alt, zwergenwüchsig oder von mittlerer Statur sein, ihnen kam es nicht auf diese Merkmale an; und nicht einmal darauf, ob es nur ein halb ernster Schriftsteller oder ein halber Analphabet war. Das mag zwar selbstverständlich erscheinen, da es sich um aufblasbare Puppen handelte, doch behielt jeder Schriftsteller seine eigene im Auge, damit sie nicht auf die Seite sank, ihre Pose aufreizender Sittsamkeit nicht aufgab, vor allem aber, daß ihr keine Luft ausströmte, denn abgesehen davon, daß sie dabei welk und einer müden Ehefrau ähnlich wurde, verbreitete sich durch das Ausströmen der inneren Luft ein Geruch, der mit Veilchen nichts mehr zu tun hatte, sondern gewissermaßen mit Darmstörungen, so stark, daß die Schriftsteller aufstehen und ihre Lebensgefährtinnen untersuchen mußten, um zu sehen, welche von ihnen ein Loch hatte, um sie dann vulkanisieren zu lassen.

Die Schriftsteller haben leider den Fehler, daß sie sich nicht zufriedengeben. Ihr Leben hätte ohne weiteres in dämmeriger Ruhe verlaufen können. Sie waren zu viert; aber eines Nachmittags brachte einer von ihnen einen aufblasbaren Schriftsteller mit. Sie machten ihm Platz. Nicht daß sie sich von ihm wunder welche Reden erwartet hätten; wie sollte er auch? Er war ja aus Gummi. Trotzdem sah er intelligent aus, er unterbrach niemanden beim Reden, paßte auf, blickte immer leicht verblüfft, so daß es den anderen, den echten Schriftstellern, so vorkam, als ob sie einen Schüler hätten. Ohne die avantgardistischen Anfälle, die bei den jungen Leuten vorkommen, ohne den Hochmut der Unwissenden oder das Fieber, herausragen zu wollen. Deswegen gefiel dieser aufblasbare Schriftsteller. Und auch wenn sich das Schweigen der Meditation oder das Schweigen der höchsten Phantasie über sie senkte, blieb er auf seinem Platz sitzen, als würde er zuschauen und lernen, und schwieg ebenfalls. Na klar!, wird man sagen, das war unvermeidlich; das wußten auch die vier Schriftsteller; Schriftsteller machen sich nichts vor. Aber einen Schüler zu haben, der seine Augen immer aufreißt und der nie aufhört, sie aufzureißen, nicht einmal angesichts des Hermetismus der Vier (denn ein klares Wort wurde nie gesprochen), das spendete ihnen eine spezifische intellektuelle Wärme, wie sie bei anderer Gelegenheit und an einem anderen Ort die Puppen spendeten.

Da man die aufblasbaren Schriftsteller in einem Spezialgeschäft für Schlauchboote, Rettungsringe und ähnliches kaufen konnte und sie nicht viel kosteten, denn sie waren sexuell nicht so differenziert ausgerüstet wie die Puppen, brachte von dem Tag an jeder von ihnen einen oder mehrere Schüler mit, die augenblicklich mit einem Kompressor aufgeblasen und eifrig, aufmerksam, gespannt, verblüfft gemacht wurden. Es war eine Lust sie anzusehen. Nach und nach wurden es zehn. Zehn Schüler mit aufgerissenen Augen, in frommes Schweigen gehüllt, und die vier Schriftsteller, die predigten, redeten und redeten von ihrer Begegnung mit dem Schreiben, von ihrer allzu frühen und nun schon weit zurückliegenden Berufung und vom Sex; vom Sex redeten sie viel, sie dozierten gewissermaßen; manchmal, als ob ein aufgeblasener Schriftsteller sie interviewte. Die Schriftsteller sind eitel; vor allem im Alter sind sie überaus eitel, insbesondere wegen ihrer Geschichten mit der oder jener Puppe an dem oder jenem Ort der Welt, wo sie mit deren vielfachen sexuellen Öffnungen und dem Veilchengeruch zu tun hatten, den sie mit einer kleinen Pumpe regulieren. Es handelte sich um autobiographische literarische Erinnerungen.

Die Zeit, in der sie sich, sagen wir, damit befaßten, Proselyten um sich zu versammeln, dauerte ziemlich lange. Sie dauerte viele Jahre und war nach ihren Behauptungen vielleicht nicht umsonst. Da aber diese Schüler keine Markenartikel waren, kam es öfter vor, daß einer plötzlich ein Loch hatte. Das war nicht angenehm; es verdroß die vier Schriftsteller sofort, denn aus dem Loch kam eine Art Pfiff heraus, so ähnlich wie ein kleiner Mundfurz, der natürlich keinerlei Bedeutung hatte, das war selbstverständlich, aber Unbehagen verursachte, Widerwillen erzeugte. Wenn im selben Augenblick auch eine Puppe einen Ausfluß hatte, hing ein Gemisch aus ranzigem Veilchen und Gummi in der Luft und es roch genauso wie Darmausdünstungen von echten Schülern und echten Frauen.

2. Max Weber

Ein Schriftsteller heiratete und wurde augenblicklich von seiner Frau gehaßt. Er wäre ebenso gehaßt worden, wenn er kein Schriftsteller gewesen wäre, weil die Ehefrauen mindestens seit dem siebzehnten Jahrhundert immer ihre Ehemänner hassen; und falls es nicht danach aussieht, bedeutet es, daß der Haß in der Stille brütet. Trotzdem muß gesagt werden, daß der Schriftsteller im gegenwärtigen gesellschaftlichen Panorama als hassenswerte Person gilt: Auf der Suche nach einer Idee, die sich dann niederschreiben ließe, streift er durch die Wohnung und schaut zunächst einmal in den Kühlschrank, schneidet sich zwei Scheiben Wurst herunter, schlägt sich ein Ei in die Pfanne, probiert den Fleischsugo, macht sich dann eventuell einen Teller Bandnudeln mit Sugo, nicht weil er etwa Hunger hätte, sondern weil ein Schriftsteller im grübelnden Zustand an Nervosität leidet und schon am frühen Morgen ißt, ohne es zu wissen; dann macht er sich Kaffee und ißt aufs neue, immer noch grübelnd und ohne es zu wissen, zum Beispiel einige Scheiben Brot mit Mayonnaise, Würstchen, die er mit Senf bestreicht und von denen er in der Küche, auf dem Balkon und im Eßzimmer immer wieder abbeißt. Seine Frau könnte auch darüber hinwegsehen, denn der Schriftsteller macht keinen Lärm, sondern streicht in der Wohnung herum wie eine arme Seele, ohne zu reden, ohne jemanden zu belästigen; aber die Ehefrauen hassen seit der bürgerlichen Revolution, von der Max Weber spricht, jeglichen Ehemann, egal, ob er sich bewegt oder still hält; und sie hassen ihn auch, wenn er aufgedunsen in seinem Arbeitszimmer zwischen den Büchern vor sich hin döst, wie es bei den Schriftstellern vorkommt, die die zweite Hälfte des Tages schlummernd im Lehnstuhl sitzen, einen Stift in Reichweite, sollte unvermittelt eine Idee auftreten und sie aufrütteln. Der oben genannte Schriftsteller litt überdies an chronischer Verstopfung, was nicht bei jedem Schriftsteller vorkommt, er schloß sich daher oft lange ins Klo ein, wo er auf einem Schemel Stift und Papier bereitliegen hatte, und seine Frau haßte ihn auch deswegen, doch hätte sie ihn gleichfalls gehaßt, wenn er darmmäßig normal gewesen wäre; denn die Ehe ist eine Einrichtung, die im siebzehnten Jahrhundert unvermittelt auf den gesellschaftlichen Widerspruch zusteuert, wie Max Weber sagt; oder: Die Ehefrau akzeptiert zwar weiterhin die Idee des Ehemanns im allgemeinen wie in den vorhergehenden Jahrhunderten, haßt aber jeweils den Ehemann im besonderen. Mit anderen Worten, immer noch nach Max Weber, gehaßt wird der tatsächliche Ehemann, insofern er kein potentieller Ehemann mehr ist; solange er potentiell bleibt, stellt er vom siebzehnten Jahrhundert an den Reiz einer Liebesflucht dar. Der gegen die Gesellschaft gerichtete Traum einer romantischen Flucht ist (hier liegt der Widerspruch) die Keimzelle der Gesellschaft. Daher ist der Haß, so Max Weber, ein Produkt der enttäuschten Phantasie. Aber der Schriftsteller in unserem Fall war so starr und träg und bar jedes Antriebs auszugehen, daß ihn – das muß man zugeben – auch Max Weber gehaßt hätte, der bekanntlich weder zur Flucht noch zur Liebesflucht neigte. Max Weber ertrug alles, wenn er nur seinen Studien nachgehen konnte, sagte er doch immer: schon gut, sagte er; wie ihr wollt, sagte er zu seinen Familienangehörigen. Aber wenn er diesen Schriftsteller bei sich zu Hause gehabt hätte, ihn immer hätte ansehen müssen, während er seiner Gewohnheit entsprechend in einer

Hausjacke und einer schäbigen Samthose, ausgebeult vom vielen Sitzen und mit Fettflecken, in der Wohnung herumlungerte, dann hätte sich auch Max Weber dem Haß der Ehefrau angeschlossen, selbst abgesehen von der bürgerlichen Revolution im siebzehnten Jahrhundert.

Dieser Schriftsteller wußte jedenfalls, daß ihn seine Frau haßte, und er dachte auch, an diesem Haß sei niemand schuld, er sei vielmehr eine Folge der bürgerlichen Revolution oder eine soziologische und historische Notwendigkeit. Aber ihr Haß störte ihn und machte ihn unruhig. Max Weber sagt, das Gefühl der Unruhe nimmt seinen Anfang im siebzehnten Jahrhundert. Da die Familie keine Genugtuung mehr spendet, wendet sich das unruhige Individuum der Außenwelt zu, so blühen die Manufakturen, die Liebe zum finanziellen Risiko, die kommerziellen Abenteuer, die wirtschaftliche Dynamik, das Unternehmertum; und die Frau zu Hause zwingt den Ehemann, indem sie den neuen unermüdlichen Haß pflegt, zu dieser Auswärtswendung, zum kapitalistischen Geist, zur modernen Gesellschaftsordnung.

Der Schriftsteller war in diesem Punkt nicht mit Max Weber einverstanden. Nach seiner Ansicht hatte die Unruhe ein unaufhörliches Hungergefühl zur Folge, weswegen die Gesellschaft des siebzehnten Jahrhunderts die Erhabenheit des Geistes, die Neigung zur Askese, die Metaphysik und die sublime Übung der humanistischen Fächer und der schönen Künste eingebüßt und sich in Richtung Nahrungsmaterialismus, Konsumismus, wie man zu sagen pflegt, entwickelt hatte, dessen Symbol wiederum der Kühlschrank ist. Und das könne er selbst bezeugen. Wir leben in einer Wohlstandsgesellschaft, pflegte der Schriftsteller zu sagen; früher war ich schlank, jetzt bin ich vor Unruhe dick geworden; und es besteht das Problem der Müllentsorgung, das heute das größte Problem ist, geboren aus dem Geist des Kapitalismus, so würde Max Weber sagen.

3. Verdorbenes Gemüse

Es gibt Schriftsteller, die Sklaven anderer Schriftsteller sind, unterwürfig gemacht und auf die Funktionen eines Hundes beschränkt. Den Grund weiß man nicht. Manche sagen, dies gehöre zur Lehrzeit, und die Sklaverei sei in allen Künsten zu Hause.

Ein Schriftsteller zum Beispiel, der nie herausragte und dessen Namen man nicht zu nennen braucht, lebte in einer Kammer unter der Treppe eines anderen Schriftstellers, der ebenfalls kaum bekannt und von denen, die ihn kannten, kaum geschätzt war. Er lebte also unter der Treppe und aß hauptsächlich verdorbenes Gemüse. Dort schrieb er auf übriggebliebene Papierfetzen einige Prosastücke; wer sie gelesen hat, sagt, sie seien bar jeglichens Sinns. Der andere Schriftsteller las sie und sagte, sie seien abscheulich. Dann sagte er: »Schäme dich!« und konfiszierte das Prosastück; dann schrie er: »Raus mit dir!« und jagte ihn wie einen Hund die Treppe hinunter. Der erste Schriftsteller ließ alles schweigend über sich ergehen, und dies ist ebenfalls ein Geheimnis der Kunst.

Der Schriftsteller, der im oberen Stockwerk wohnte, warf diese Seiten aber nicht weg, sondern schrieb sie heimlich ab, in ein Heftchen, und das sollte nach seiner Meinung der Roman über das Menschengeschlecht werden. Was er im Kopf hatte, war überaus klar, das heißt der Satz, mit dem das Buch lanciert werden sollte: der erbarmungslose Roman über das Menschengeschlecht. Das würden auch die Kritiker akzeptieren müssen, selbst diejenigen, die gegen das Menschengeschlecht sind. Seine Wahrheit und seine Kraft würde nämlich so groß sein, daß jede vorgefaßte Meinung aufhören müßte, und das Menschengeschlecht würde das Aussehen des anderen Schriftstellers haben, schütterer Haarwuchs und servile Haltung; und der Platz unter der Treppe würde erscheinen als Symbol der ontologischen Frage, des Grundes hier und jetzt, der Endlichkeit und der Aufhebung; der Zeit und des unpersönlichen »man«. Und die Stimme des Menschengeschlechts würde sich erheben als unvergängliche Klage aus der symbolischen Kammer: O weh, Wanze der Galaxe; o weh, hochtrabende Hoffnungen, zerbrochen das Wort, der Ruhm, die Pyramiden; o weh, elender, hungriger Diener, gefesselt an seine eigenen Ketten, aus dem Fenster gestürzt. O weh, Dasein.

Die Kritiker, so dachte der Schriftsteller im oberen Stockwerk, würden verstehen, daß dies die höchste und schmerzerfüllte Stimme des suchenden Menschen ist, der stets zu seiner Erniedrigung und Versklavung findet.

Was der Schriftsteller unter der Treppe schrieb, waren jedenfalls Klagen, Klagen vor allem über das verdorbene Gemüse, von dem er sich ernährte.

»Heute war die Karotte wurmig«, schrieb er. »Die Salatblätter sind immer welk. Ich habe einen Wirsing gegessen und dann gekotzt; ich habe Kürbis gegessen, dann wurde mir schlecht.«

Das Gemüse hob er von der Straße auf, nachdem der Markt zu Ende war, oder aus den Abfällen und den Müllhaufen.

»In der Shakespearestraße habe ich eine Zwiebel aufgehoben. In der Dante-Alighieri-Straße lagen Zucchini am Boden. Ein Gemüsehändler hat mir heute in der Petrarcastraße eine Tomate nachgeworfen; die Tomate schmeckte scheußlich. Heureka! Zwei Kartoffeln und eine Selleriestange: sie sind aus einem Wagen der Städtischen Müllabfuhr gefallen, heute nachmittag um sechs, Puschkinstraße; die Kartoffeln waren unverdaulich, und der Sellerie schmeckte nach Schuhabsatz. Solschenizynstraße: ein Spargel. Iginio-Ugo-Tarchetti-Straße: eine Bohne. Boitostraße: eine faule Aubergine.«

Eine etwas schlichte Prosa, wie man sieht, die nicht weit führt; doch der Schriftsteller im oberen Stockwerk teilte sie in Kapitel ein: eines über den Wirsing, eines über die rote Beete, eines über die Gemüsehändler, dergestalt, daß ein Bildungsroman daraus wurde, wie ihn die Kritiker vorschreiben, das heißt die exemplarische Geschichte einer Seele inmitten der Fäulnis, die da heißt: Leben.

Trotzdem wurde nie etwas daraus. Einem Verleger fiel zwar ein Kapitel in die Hände, aber er sagte, es stinke so gewaltig nach gekochtem Kohl, daß es niemand im Verlag anfassen wollte. Der Schriftsteller hatte denselben Geruch. Man stelle sich vor, wie erst der versklavte Schriftsteller unter der Treppe stinken mußte.

4. Nicht mehr gebräuchliche Schriftsteller

Die Verlage ernähren nicht mehr gebräuchliche Schriftsteller, die beauftragt sind, die eintreffenden Romanmanuskripte zu lesen und ein Urteil darüber abzugeben. Diese nicht mehr gebräuchlichen Schriftsteller werden geheimgehalten, damit sie nicht mit Geschenkpaketen, Geld oder sexuellen Erpressungen von den aufstrebenden Schriftstellern bestochen werden können. Sie stellen nämlich die dunkle Seite der Verlage dar, die zu diesem Thema nur ausweichende Antworten geben, obwohl die nicht mehr gebräuchlichen Schriftsteller die fundamentale Aufgabe haben, auf die besten Romane aufmerksam zu machen, die, sobald sie gedruckt sind, den Ruhm und den wirtschaftlichen Halt des Verlags bilden. Trotzdem sind diese Schriftsteller arme Teufel, die keine andere Chance mehr im Leben haben, außer dieser verkannten Arbeit, die, ehrlich gesagt, sogar unnütz ist. Wenn nämlich bei einem Verlag ein Roman ankommt, der gut oder wohlgelungen oder ein Meisterwerk ist, dann merken es alle sofort, selbst die größten Skeptiker, die sich nichts mehr vormachen lassen, auch diejenigen, die jedes papierähnliche Material satt haben; das merkt sogar der Verleger persönlich; denn man braucht nur irgendeine Zeile darin zu lesen, und schon kommt die verlegerische Euphorie auf: Die einzelnen Lektoren geraten außer Rand und Band und stürzen, allseits Sitzungen einberufend, die Treppen hoch; die Fahnenleser werden gesprächig, das Telefon schrillt in einem fort und die Telefonistin wird vom Wind der Büchererregung gepackt, auch die abseits gelegenen Büros unter der Treppe, in den Zwischenstockwerken und in den hintersten Ecken der untersten Kategorie finden plötzlich eine Daseinsberechtigung, und in allen Gängen, den Aufzügen, den Treppenhäusern, sogar zwischen den beiden Ausgängen verbreitet sich die verlegerische Dynamik, die den ursprünglichen Idealismus des Angestelltenstandes wieder erweckt, selbst bei denen, die sonst stumm dasitzen und die lausige Gegenwart verfluchen und dem einstigen Drucker- und Intellektuellenleben nachweinen. Es ist also nutzlos, in solchen Fällen einen nicht mehr gebräuchlichen Schriftsteller heranzuziehen; ihm schickt man nur die deprimierenden Manuskripte, die zu lesen im Lektorat keiner die Kraft hat. So daß die nicht mehr gebräuchlichen Schriftsteller, zwischen Bergen von maschinengeschriebenem Papier sich selbst überlassen und immer nahe am Einschlafen sind und Tage verbringen, die eher Nächten gleichen, indem sie Gutachten in depressivem Ton verfassen, die nie jemand lesen wird, wobei ihre typisch begräbnishafte Wesensart heranreift.

Aber es kommt auch vor, daß die aufstrebenden Schriftsteller ein Verlagshaus belagern und von einem gemeinen Verleger oder einem käuflichen Lektor zu einem armen nicht mehr gebräuchlichen Schriftsteller abgeleitet werden, der dann überfallen und der Feigheit und der Sabotage der modernen Literatur bezichtigt wird.

Ein nicht mehr gebräuchlicher Schriftsteller wurde in seinem Souterrain von fünfzehn ungeduldigen und kriminellen aufstrebenden Schriftstellern umzingelt und gewaltsam mit dem Tode bedroht. Aber der nicht mehr gebräuchliche Schriftsteller antwortete, er sei schon seit mehr als zwanzig Jahren tot, und umgebracht habe ihn der Verlag. Sie möchten also tun, was sie wollten. Dann sagte er, in seiner Jugend habe auch er ziemlich nach oben gestrebt, nur wisse er nicht mehr wonach; der Verlagswind habe ihn erfaßt gehabt, der von allen Winden der allgemeinste und verzweifeltste sei. Als sein Wind nach und nach abgeflaut sei, habe er bemerkt, daß er schon seit langer Zeit im Souterrain begraben sei, wo er für jegliches höhere Streben seiner Jugend büßte. Er schlafe jetzt tatsächlich sehr viel. Aber was ihn betreffe, so halte er die aufstrebenden Schriftsteller für Teufel, die ihn ausdauernd mit Manuskripten folterten, und den Verlag betrachte er als Luzifer, der die Teufel zeugte und auf ihn losließ. Von welchem Tod sie also sprechen wollten. Er sei ja schon eine arme Seele, tot in den Qualen des Jenseits.

Auf diese Rede hin beruhigten sich die erhitzten Gemüter und zerstreuten sich. Doch ein aufstrebender Schriftsteller, der leicht psychotisch und leicht psychoanalytisch war, und diese Worte als zwielichtige Worte eines perversen Typs interpretierte und ihm eine Freude zu machen glaubte, blieb und hielt honigsüße Reden, schließlich ging er so weit, daß er ihn sodomisierte. Dem nicht mehr gebräuchlichen Schriftsteller machte die Sodomie keine Freude; ebenfalls keine Freude machten ihm gewisse aufstrebende Schriftstellerinnen, die einen Geschlechtsverkehr mittels Lippenstift versuchten, von dem ihre Lippen satt voll waren; oder andere aufstrebende Schriftstellerinnen, die von dem gemeinen Verleger zu ihm geschickt und gegen ihn aufgehetzt waren, seine Grabnische im Souterrain betraten, ihre Manuskripte selbst ablieferten, rauchten und ihm ihren Atem immer näher ins Gesicht bliesen, um ihn mit ihrem weiblichen Hautgout zu bestechen. Denn Laster, Freßsucht, Sodomie, unsachgemäßer Geschlechtsverkehr, Bestialität und Schmeichelei sind bei den modernen aufstrebenden Schriftstellern durchaus gebräuchlich.

5. Gespenst eines Toten

Ein Schriftsteller, der schon zehn Jahre tot war, erschien gegen Abend einem lebenden Schriftsteller und jagte ihm Schrecken ein. Der lebende Schriftsteller spürte auf einmal, wie sich eine Stimmung des Versagens überall im Haus breitmachte, er wandte seinen Blick und sah zum Beispiel den verstorbenen Schriftsteller auf dem Bettrand sitzen oder traurig und wächsern auf einem Hocker unter der Treppe. Er sah ihn auch in der Küche, wo er vornüber gebeugt im Abfalleimer zwischen den Eierschalen herumsuchte und beim Eintreffen des lebenden Schriftstellers langsam seinen Kopf drehte. Dieser wurde von einem derartigen Entsetzen gepackt, daß sich seine Haut den ganzen Rücken hinunter kräuselte und sich sein Bart auf den Wangen hochstellte. Der lebende Schriftsteller dachte »ist wohl mein Unterbewußtsein, das diese Trugbilder erzeugt«. Doch der verstorbene Schriftsteller dachte »wo habe ich nur das karierte Blatt hingelegt?«. Dieser Schriftsteller verbrachte nämlich seine Zeit damit, ein kariertes Blatt zu suchen, auf das er eines Tages, vor langer Zeit, als er noch lebte, mit treffenden und äußerst kurzen Worten etwas Kurzes und Treffendes geschrieben hatte, an das er sich nicht mehr erinnerte. Wo er nur jenes Blatt hingelegt habe, fragte er sich immer wieder. Er suchte es schon seit zehn Jahren, und jede Nacht machte er sich in dem Haus zu schaffen, schaute in alle Ritzen, zwischen die Strohgeflechte, hinter die Spiegel und hinter die Tapeten, die sich von der Wand gelöst hatten, kramte zwischen den Kalendern und den alten Zeitungen. Lange schaute er, Nacht um Nacht, in die Zwischenräume hinter den Schränken, weil er als Toter nicht die Kraft hatte, sie wegzuschieben. Tagsüber stand er in irgendeiner dunklen Ecke, wo er nur als Widerschein des Fußbodens zu sehen war, und dachte »wo habe ich nur das Blatt hingelegt?« und sein Geist war auf diesen einen Punkt zusammengeschrumpft.

Es kommt nämlich vor, daß die Toten beim Sterben in einen Gedanken eingeschlossen bleiben, der ihnen in dem Moment zufällig in den Sinn kommt. Sagt einer zum Beispiel bei sich »mein Gott, ich sterbe, Ines wo bist du?«, dann wird er sich die ganze übrige Zeit immer fragen, wo Ines ist, und wird auf der Suche nach Ines vergeblich umherirren. Und das nennt man gemeinhin das Jenseits. Wenn einer denkt »ich habe Miranda noch nicht angerufen«, dann irrt er Jahrhunderte lang bis zur Auflösung des Universums umher und sucht eine öffentliche Telefonzelle, um Miranda anzurufen; aber beinahe immer haben irgendwelche Rowdies das Telefon beschädigt oder die Zelle aus den Angeln gehoben oder es findet ein immerwährender Streik des Fernmeldewesens statt, weswegen eine automatische Damenstimme antwortet, die sich bei den Benutzer für den momentanen Ausfall aller Anschlüsse entschuldigt. Und man wird sehen, wie der eine, im Lauf der Geschehnisse der menschlichen Zeit umherirrend, immer versuchen wird, Miranda anzurufen, selbst wenn die Erde schon durch Hungersnöte und Barbareneinfälle entvölkert sein wird und niemand mehr weiß, was ein Telefon ist. Da für die Hölle viel Propaganda gemacht wurde und viele beim Sterben an die Hölle denken, sieht man Tote deshalb öfters in der Nähe von Kellern umherirren und eine Falltür oder ein nach unten führendes eisernes Treppchen suchen; oder auf den Müllhalden, die in der Nähe der Städte in kleinen Flämmchen brennen, wo ihnen der Gestank und die plötzlichen Gasausdünstungen Hoffnung machen. Man sieht auch welche, die an Orten der Fäulnis, wo es chemische Abfälle gibt, nach einem Teufel suchen, der sie drangsalieren könnte und ihre Köpfe in Chloridsäure oder in Zyankali oder Oxydrindämpfe steckt. Diese suchen ihren Höllenkreis, aber sie finden nur mit Quecksilber gesättigten warmen Schlamm, der ins Meer fließt, und einige Fischer mit Leberleiden, von denen sie für Kollegen gehalten werden, während sie in Wirklichkeit Tote sind, die an ihre Frage gefesselt umherirren.

Aber es gibt auch solche, die ohne einen bestimmten Gedanken ruhig in die Runde blicken, und so auch Schriftsteller, die einen letzten leichten Atemzug tun, als würden sie sagen »Endlich!«, worauf sie wieder zu dem gedankenlosen Nichts werden, das sie vorher waren.

Der oben erwähnte Schriftsteller nun kramte auch in den Blättern des lebenden Schriftstellers herum, ob sich vielleicht sein kariertes Blatt darunter befände; Nacht um Nacht blätterte er und las bei dem schwachen Licht, das von den Neonlampen der Straße hereinkam. Es passierte aber, daß alles, was er las, sofort seine Vitalität einbüßte und sich in ein fades Gewäsch verwandelte. Oder es kam vor, wenn auch selten, daß der erste Schriftsteller ein vielleicht gelungenes, einer vitalen Begeisterung entsprungenes Blatt abends auf seinem Schreibtisch liegen ließ, das er die ganze Nacht in seinem Kopf rascheln hörte; aber wenn er es morgens eiligst wiederlas, war es eine leblose Seite, die nur aus Buchstaben bestand, von denen jeder tot in seinem Karo lag. »Das ist eine eitle Illusion«, murmelte er untröstlich, denn so erging es ihm nun beinahe immer. In Wirklichkeit war es der Tote, sein Mitbewohner, der die Blätter anhauchte.

6. *Außerirdisches Kind*

Ein Schriftsteller mit olivgrüner Hautfarbe, der weder seiner Mutter noch seinem Vater ähnlich sah und mit beiden immer Sprechschwierigkeiten gehabt hatte, entdeckte eines Tages, daß er vor der Haustür gefunden und adoptiert worden war. Die Adoptiveltern hatten vor dem Fenster schneeweißes Licht gesehen, dann ein sehr starkes Magnetfeld gespürt, so stark, daß alle Metallgegenstände magnetisiert blieben. Sie waren zum Fenster gelaufen und hatten eine Art fliegende Wolke gesehen, die sich in aller Stille blinkend entfernte. Auf der Erde lag in einer alluminiumfarbenen athermanen Tüte der neugeborene Schriftsteller. Zu jener Zeit wußte man noch nicht, daß es ein Schriftsteller war, doch sah er schon erheblich dunkler und lederner aus. Der Vater dachte im Moment, es handle sich um ein nukleares Abfallprodukt und dachte es auch später noch, wenn der Schriftsteller hartnäckig strampelte und mit seinen Frechheiten den Hausfrieden störte. Die Mutter nahm sich dagegen seiner an, als wäre er genau wie ein menschliches Wesen; sie brachte ihm bei, aufrecht zu stehen und die einheimische Sprache zu sprechen, während der Vater lieber Abstand hielt, da er die Rache der Außerirdischen fürchtete, denn wenn die Außerirdischen jemanden auf diese Erde werfen, kann es vorkommen, daß sie nach Jahren wiederkommen, um sich zu informieren. Man kann sich nicht vorstellen, wie viele Außerirdische auf der Erde sind – sagte der Vater des Schriftstellers –, die heruntergefallen sind oder von irregulären Paaren fallen gelassen wurden. Sie sind unseren Neugeborenen ziemlich ähnlich, aber unzerstörbar, unempfindlich gegen Blitz und Unbill der Witterung. Manchmal fallen sie vor ein Haus und versuchen, sich dort einzuführen und aufzudrängen. Besser, sie fallen vor ein Waisenhaus. Diese Wesen – so sagte der Vater des Schriftstellers – brüllen nachts unaufhörlich, um Hyänen, Hyänenhunde und Schakale verrückt zu machen, sollten sie zufällig in eine Wüste fallen. Und sie stoßen Repellents oder tödliche gasartige Substanzen aus, welche Dipteren, Nattern, Spinnengetier, Greifen und Falken fernhalten, sollten sich diese nähern und von ihnen ernähren wollen. Wenn sie ins Meer fallen, bleiben sie an der Oberfläche und saugen das Plankton auf. Es fallen auch einige in den Amazonas und sie sind gegen Alligatoren unempfindlich. Sie sind auch unempfindlich gegen Säuren, kochendes Wasser und Geysire. Sie sind unempfindlich gegen Sandstürme. Sie sind unempfindlich gegen Sonne und Salzwasser, und sie lassen sich mit den Medusen an die Küsten der Tropen schwemmen; oder sie werden vom Golfstrom bis zum Polareis getragen. Dort bleiben sie bei den tiefen Temperaturen im Larvenzustand und entwickeln sich nicht. Es wäre besser gewesen, wir hätten ihn sofort in den Freezer gelegt – so der Vater des Schriftsellers von seinem Sohn – und ihn unversehrt und neugeboren seinen Besitzern oder nächsten Verwandten zurückgegeben, falls sie ihn verloren hatten oder ihn suchten.

Oder uns an die Weltraumbehörde gewandt, damit sie eine Anzeige mit den Kennzeichen verbreitet, und ihn dann tiefgekühlt und latent an seinen Ursprungsort zurückschickt, irgendein Sonnensystem, das von Außerirdischen oder irgendeiner Rasse von außerirdischen Nichtstuern bewohnt wird, die uns Irdische als Melkkühe ausnützen. Der Schriftsteller empfand auch als Erwachsener keinerlei Sympathie für seinen Vater, und auch der Vater für den Schriftsteller nicht; mißtrauisch betrachteten sie sich aus der Ferne, wie Wesen verschiedener Natur. Der Schriftsteller scheint sich sogar Notizen über das Aussehen, die Sitten und Gebräuche und die Äußerungen des Vaters gemacht zu haben, weil er ein Traktat über die menschliche Zoologie verfassen wollte. An windigen Tagen sah man diesen Schriftsteller auf dem Schornstein stehen; er sagte, daß er auf seinen echten Vater aus der Galaxie warte. Dann verschwand er mitsamt seinen Schriften. Manche sagen, er sei nach Mailand gegangen, andere, er sei in seine Heimat zurückgekehrt, um dort zu lehren, was das Menschengeschlecht ist.

7. *Geomorphismus*

Ein Schriftsteller, der in einem trockengelegten sumpfigen Tal geboren war, durchforschte Grund und Untergrund, denn er fragte sich, welches Erdreich wohl für das Wachsen und Gedeihen von Schriftstellern am günstigsten wäre. Vielleicht, so fragte er sich, die ton- und schiefer- und kalkhaltige Erde, zutiefst geprägt von den Vorgängen der Gebirgsbildungen? Vielleicht vulkanische Gegenden mit gelegentlichen Eruptionen, Schichten aus Vulkantuff und Gneis? Und die tektonischen Gräben mit ihrer Dramatik? Zum Beispiel der mittlere tektonische Graben im Ozean samt seinen Untiefen, was weiß man davon? Nichts. Oder auf jeden Fall zuwenig, um zu beurteilen, ob er günstig oder ungünstig sei für die Entwicklung endemischer Formen von Schriftstellern oder deren Ersatz.

In Höhen über zweitausend Meter über dem Meer kommt der Schriftsteller jedoch selten vor. So wenigstens versicherte der in der Ebene geborene Schriftsteller; und er versicherte auch, daß die Schriftsteller keine Wurzeln schlagen, wo die Fichten aufhören und die gottverlassenen Hochgebirgsweiden beginnen. Es stimmt zwar, so sagte er, daß es auch Fälle von Schriftstellern gibt, die sich in der Nähe eines Gletschers entwickelt haben, aber es handelt sich um leidende Schriftsteller, denen es nicht gelingt sich auszudrücken, sozusagen um sprachlose Exemplare, denen, als sie jung waren, irgendein zynischer Geist, ein schäbiger Aufhetzer vorgemacht hat, man könne auch im ewigen Eis bei reduziertem atmosphärischen Druck Schriftsteller sein. Aber selten sind die Schriftsteller auch in den Tannenwäldern zwischen tausend und zweitausend Metern. Dort trifft man in der kurzen Sommerzeit eher auf Himbeeren, Heidelbeeren und Walderdbeeren. Für uns Schriftsteller ist offenbar diese Jahreszeit nicht lang genug; und an die Feuchtigkeit im Unterholz, das Vorherrschen der Nadelbäume und an eine jährliche Regenmenge von über zweitausendfünfhundert Millimeter können wir uns schwerlich anpassen. Ein Schriftsteller sprießt eventuell nach einem kurzen Schauer hervor, wenn die Wolken wegziehen und sich im Westen der Himmel öffnet, die Hühner auf der Tenne sind und sich der Wanderer wieder auf den Weg macht.

Aber sprechen wir nun von den Tälern und den trockengelegten bewässerten Ebenen: Hier schlägt der Schriftsteller fröhlich Wurzeln und gedeiht, ebenso der Dichter in einigen Spielarten. Es stimmt aber, daß im

Winter, wenn abwechselnd stürmische Nord- oder Nordwestwinde brausen, sich der Schriftsteller in sein Loch verkriecht, wo er beim schwachen Licht einer Fünfundzwanzigwattbirne ein wenig liest und ein wenig schläft. Er ernährt sich sparsam, trinkt wenig, sein Geist ist schwach und wird von eintönigen Träumen heimgesucht. Von dem, was er im Winter liest, bleibt ihm wenig: ein paar Adverbien, einige Pronomina, der eine oder andere Satz, stets ein Paroxytonon, das sich jedoch in seine Synapsen einschleicht und dort verkalkt. Wer im Winter einem Schriftsteller der Ebenen einen Besuch abstatten würde, egal ob Mann oder Frau, würde ihn in nachdenklichem Zustand, mit baumelndem Kopf vorfinden, der heiligen Einfalt näher als der dämonischen Grübelei. Schuld daran ist der anhaltende Nebel, die einförmige Schneeschicht, das harte gefrorene Erdreich, der Stillstand der Pflanzenwelt, der jeglichen Lebensprozeß aufhält. Man kann ihm an den Kopf klopfen, das machen auch seine gelegentlichen Freundinnen; der Schriftsteller hebt nur den Kopf vom Buch und betrachtet blauäugig die klopfende Hand und kaut dann wieder weiter an einer Stange Sellerie, an einem Fenchelblatt oder an einer Artischocke. Im Winter sprießt der Schriftsteller nicht, sondern überwintert sozusagen an einem Fleck und läßt es sich wohlsein in seinen vergeblichen Gedanken wie die Mispeln im Stroh.

Wenn aber der Frühling naht, dann erwacht der Schriftsteller aus dem Tal oder der Ebene; ihm folgt der Dichter, der möglicherweise in geringer Entfernung gedeiht. Und schon Anfang März sieht man sie über die Dämme oder durch die Pappelwäldchen im Schwemmland oder über die noch feuchten Felder laufen, wo es eifrig zu wachsen beginnt; lauter Orte, die zu ihrem mythopoetischen Terrain werden, sobald, in kürzester Zeit, dort sommers Geträller zu hören ist; es trällern die Gräser, das

Viehfutter, der Mais, der Klee, die Mähmaschinen: Der Schriftsteller, von dem hier die Rede ist, hat oft Mähmaschinen in seiner persönlichen Mythopoiesis, wie man hier in dieser Zeile sieht, außerdem aber auch Sprühbewässerungsanlagen, Ballenpressen, stickstoffhaltigen Dünger und Monokulturen.

Der oben erwähnte Schriftsteller kam schließlich so weit, daß er behauptete, die sumpfigen Ebenen, wo er geboren ist, seien nicht immer so gewesen; sondern seien erst auf einmal aus heiterem Himmel für ihn so eben geworden und gleichfalls die Linie des Horizonts so horizontal, fließend und flüssig die Flüsse, die Tonerde tonhaltig, die Pappeln zu kleinen Wäldern gepflanzt und so weiter, das ganze Terrain sei zu seinem Werk geworden; wirklich geworden genauso, wie es in den langen theoretischen Spekulationen des Winters erscheine.

Wir, so sagte der Schriftsteller, der einen kleinen Dichter an der Hand führte, damit sich dieser nicht verlief, wir können zu den unsichtbaren, großen geomorphen Kräften gezählt werden, im Verein mit der Kontinentalverschiebung, der Erosion der exogenen Phänomene und der Coriolis-Kraft.

I.
UNTERRICHT IN WOLLUST

Wenn du eines Tages Schriftsteller sein willst, mußt du wissen, was die Wollust ist. Verstehst du mich? Junger Mann? Komm her! Du bist ja käseweiß. Und auch ein wenig unappetitlich. Du weißt, glaube ich, gar nichts; ich glaube, du weißt überhaupt nichts und bist noch unbeleckt. Na, dann komm her, fangen wir beim Elementarsten an. Gehen wir hinaus. Mach die Tür hinter dir zu, gehen wir hinaus auf die Straße. Das erste – nun hör mir gut zu! – das erste ist die Nase. Schau um dich, siehst du, was für ein schöner Tag heute noch ist. Geh zu! Los! Atme durch die Nase ein. Mach deine Nasenlöcher weit, Kopf hoch und atme ein. Riechst du den Nachmittag? Nein? Riechst du nichts? Atme ein! Riechst du das Aroma nicht, das in der Luft ist? Spürst du nicht, wie deine Gewebe schon ein wenig weicher werden? Wird dir noch nicht weit ums Herz? Nein, noch nicht? Auch nicht, wenn du deine Nase aufmachst? Wenn du an einem solchen Nachmittag wie heute hinausgehst, hast du dann keine unbestimmte Lust? Kommt deine Lymphflüssigkeit, dein neurovegetatives Nervensystem nicht in Wallung? Nein? Nichts? Schau zum Himmel, der Nachmittag geht zu Ende, es ist noch hell, aber schon wird es Abend, und es ist einer von den Abenden, an denen du nicht weißt, was du willst. Dann leiste keinen Widerstand. Das tust du sowieso schon?

Gut, theoretisch. Aber mußt du nicht ein klein wenig keuchen, steigt dir keine Unruhe von den Leisten nach oben? Nicht auszuschließen, sagst du. Gut; komm, nicht nachdenken, versuche nicht, das logische Denken, das kannst du jetzt vergessen. Du denkst ja gar nicht? Dann mach weiter und mach deine Nase auf und alle deine Sinne. Schon aufgemacht? Dann folge mir, denn ich gehe meiner Witterung nach, an solch warmen Abenden, da bringt mich ein Geruch aus der Fassung. Laß dich auch aus der Fassung bringen, riech mal, denn darin besteht der Unterricht, und von jetzt an werden wir nur noch riechen. Da, laß das Mädchen vorbeigehen. Schau nur, wie sie weitergeht, mit vollen Segeln! Da, jetzt tauch ein in ihren Duft, langsam und leise, folge ihr, atme ihre Spur, die Luft, die sie hinter sich läßt, berausche dich, das ist der Duft ihres schönen Haars, riechst du's? Den kannst du essen; und es wird dir ganz flau dabei. Auch von ihrem Frühlingskleid. Man fühlt sich durchdrungen wie von einem Balsam, einer Gier, sie ganz zu beriechen bis zu ihrer Krönung. Du sagst nein? Das sei ein mittelmäßiger Geruch? Du riechst ihn zwar, denkst aber nicht an ihre Krönung? Dann geh näher hin zu ihr, es sind so viele Leute unterwegs, da achtet keiner auf dich; wenn sie vor einem Schaufenster stehenbleibt, dann rücke nahe zu ihr hin mit deiner Nase, so wie ich's mache. Mein Gott! Was für ein Abgrund! Man riecht auch ihren Atem; komm hierher, beweg dich ein wenig, näher zu mir her, riechst du, welchen Balsam sie ausatmet, wie eine Arznei, paß auf, faß sie nicht an, sonst merkt sie was, atme nicht so nahe an ihrem Ohr. Jetzt geht sie weg, ich bin ganz betäubt. Du nicht? Du bist wie zuvor? Spielt keine Rolle, nach welcher Seife sie riecht, laß sein, das interessiert uns nicht. Hast du nicht gemerkt, wie du abdriftest? Nein? Du warst immer bei Sinnen? Aber hast du denn richtig geatmet? Mit Wollust? Das war doch eine Wolke mit direkter hormonaler Wirkung. Du bist nicht imstande zu genießen, und wenn du nicht genießt, wirst du nie ein Schriftsteller, nicht einmal ein

Anwärter. Ein Schriftsteller muß bei der Wollust in die Schule gehen, und die Wollust dringt vor allem durch die Nase ein. Möchtest du's nochmal versuchen? Gut. Wirst du alles tun, was du kannst? Gut. Siehst du das Fahrrad dort, und das schöne Mädchen, das abgestiegen ist. Komm. Sie ist weggegangen. Jetzt verrate ich dir ein Geheimnis, das ist der Fahrradsattel. Riech mal. Wie, interessiert dich nicht? Riech an dem Sattel, sag ich dir, der ist noch warm. Riech dran. Wie, du weißt nicht? Ich stehe oft Nachmittage lang vor dem Einkaufszentrum und warte, bis eine Schönheit ankommt … Es kommen nicht viele, Schönheiten sind selten. Ich rieche an manchen Sätteln da und dort in der Stadt, aber meistens riechen sie nach Angestellten, nach Flanell, was dasselbe ist. Da sinken die Bilder in sich zusammen. Riech doch hier, das ist etwas anderes, sonst rieche ich. Aaah, riechst du den ätherischen Duft, da steigen dir die Moleküle der Geilheit in die Nase, riechst du wie fein, welch dünne Spur, riecht ganz frisch gewaschen, o, darüber vergesse ich mich, riech nur, riech nur, wenn du etwas lernen willst, wenn du deiner Phantasie Stoff geben willst, wenn du bis zur Krönung kommen willst. Wie? Riecht nach Plastik? Aber du mußt unterscheiden, es ist zwar ein Plastiksattel, aber davon mußt du absehen. Nach Kohlenstoff? Nach Diesel? Wer weiß? Aber das zählt nicht. Bitte keine Verwechslungen. Denn Gerüche gibt es viele. Er riecht auch nach Fahradpumpe? Aber was soll das heißen? Unter allen Gerüchen, die dort zusammenkommen, mußt du den warmen, leicht sexuellen herausriechen. Dazu gehört eine Nase, sonst wirst du nie Schriftsteller werden, nie und nimmer! Komm und rieche zum Beispiel an diesem verlassenen Sattel; riechst du was? Der hat tatsächlich einen bitteren Geruch nach Prosa, schwerfälliger Prosa. Und auch nicht hygienisch. Aber was beschnupperst du denn da? Ich weiß nicht, wem so ein Sattel gehören könnte. Für mich hat er etwas Abstoßendes. Und außerdem entfernen wir uns vom Thema. Komm schon, gehen wir, ich geb dir noch ein wenig Unterricht, denn nach meiner Meinung bist du noch nicht weit gekommen, du bist noch nicht in die Materie eingedrungen. Wir sind noch ganz am Anfang, bei den allerersten Grundbegriffen. Was beeindruckt dich denn so an dem Sattel? Was schnupperst du denn da so lange? Ja, kann sein, daß er nach Sitzfleisch riecht, aber was soll das? Jetzt schnupperst du schon fünf Minuten daran herum und wir sind völlig aus der Bahn gekommen. Aber ist doch egal, wer sich auf diesen Sattel setzt. Wie soll ich das wissen? Warum zerbrichst du dir denn den Kopf darüber? Wir müssen riechen und genießen, das ist der erste Schritt auf dem Weg zur empfindsamen Vorstellung, riechen und genießen: Daraus besteht nun einmal die Ästhetik. Was sagst du? Das sei das Fahrrad eines Juristen? Was soll das heißen? Genießt man da? Ich glaube kaum. Ja, ein intellektuelles Vergnügen wird wohl dabei sein, vielleicht auch ein analytischer Genuß. Aber welch abscheulichen Geruch mußt du dabei einatmen. Wenn das die Moleküle eines Juristen sind, die laß ich dir gern. Ich habe keine Neigung zur Erkenntnis! Die Epistemologie reizt mich nicht. Ich will die Ästhetik. Was sagst du? Es muß ein Staatsbeamter sein? Zum Kotzen. Einer von der Staatskanzlei? Genieße ihn nur weiter, wenn dir die Kanzleien gefallen. Bist du jetzt fertig? Ich weiß nicht, was du daran findest. Du bist degeneriert. Ich weiß nicht, was für ein Schriftsteller du je werden sollst. Du degenerierter Typ. Laß das jetzt! Laß den Sattel stehen. Du hast sogar die Nähte berochen. Nein, ich will nichts davon wissen. Es mag ja ein biographischer Reichtum vorhanden sein, aber mir – das sage ich dir in aller Deutlichkeit – mir dreht sich dabei der Magen um. Komm, gehen wir, laß sein. Laß dich nicht ziehen. Laß jetzt das Fahrrad. Und nimm deine Nase weg. Die klebt ja richtig dran. Mach mir nicht soviel Mühe. Heb deinen Kopf hoch jetzt. Aber was ist denn los mit dir? Zuerst hast du so käseweiß und unbedarft ausgesehen. Der Unterricht ist zu Ende! Wenn ich jetzt Wasser finde, warte nur, dann bekommst du einen Eimer voll über den Kopf. Der Unterricht ist aus!

8. Gelée Royale

Hin und wieder kommt in einer normalen Familie ein Schriftsteller zur Welt, aber niemand weiß es. Also wird er auf undifferenzierte Weise erzogen; er bekommt Muttermilch, dann Brei, man bringt ihm bei, auf den Füßen zu gehen und nicht auf den Händen, man bringt ihm die Muttersprache so bei, wie sie jedem von uns beigebracht würde, dann beginnt sein Leben als unverstandener und nach den Regeln der Gleichheit behandelter Schriftsteller. Zum Beispiel die Lehrer in der Schule, die ja nicht wissen, daß sie einen Schriftsteller vor sich haben, unterschätzen ihn, wollen um jeden Preis, daß er in einer Bank sitzt, und der Schriftsteller stampft oder sinkt in sich zusammen oder quält seinen Banknachbarn, der gewöhnlich ein normaler Schüler und zur Normalität bestimmt ist, mit seinen hyperkinetischen Problemen; oder häufiger geschieht das Gegenteil, daß nämlich der Schriftsteller gequält wird, man ihn mit rostigen Nadeln sticht, ihm bleibende Flekken macht, gern verpaßt man ihm auch Furze direkt unter die Nase, damit er sie einatmet und erstickt. Das geschieht unbewußt, und der Schriftsteller wächst heran: verlacht, mager und verhaltensgestört. Das merkt man vor allem auf den Klassenfotos, wo der Schriftsteller käseweiß am Rand steht oder bräunlich in der Mitte mit dem dunklen, abgehärmten Aussehen eines Einwanderers, umgeben vom Spott der Repetenten. Manche sagen, das sei zu seinem Wohl, denn der Schriftsteller muß erfahren, wie rauh das Leben ist, damit daraus ein immerwährendes Thema für seine Inspiration erwächst; andere sagen aber, das sei zu seinem Schaden, denn der Schriftsteller müßte vom Volk getrennt, von klein auf isoliert und auf besondere Weise behandelt werden, damit sich sein Scharfsinn und seine asoziale Mentalität besser herausbilden. Trotzdem wird der Schriftsteller in den Kindergarten geschickt, wo er in verwerflichstem Konformismus unter die Kinder gemischt ist, so daß er einem Batteriehuhn gleich in der gemeinsten Kindermentalität aufwächst; er läßt sich in die Reihe stellen, ißt im Sitzen einfache Speisen, pinkelt und kackt nach den pädagogisch vorgesehenen Methoden. Und wenn er das Schreiben lernt, hält man ihn im Zustand der Minderjährigkeit und Unfähigkeit, so daß er genau der Typ mit Käsefüßen und Gummischuhen wird, dem alles dermaßen egal ist, daß die Schikanen, unter denen er dann sein ganzes Leben zu leiden hat, gerechtfertigt erscheinen.

Schließlich wollte man daher auf wissenschaftlicher Basis sehen, wie sich die Schriftsteller im Naturzustand entwickeln würden. Man nahm vier Schriftsteller und isolierte sie in einem Findelheim. Wodurch unterscheiden sie sich? Die Sache ist umstritten: Manche sagen, daß die echten Schriftsteller einander alle gleichen; andere sagen, sie können schon von Geburt an sprechen. Welche Sprache sprechen sie? werfen andere ein. Eine archaische, adamitische Sprache, erklären die Fachleute, ein Esperanto aus zweiundvierzig Vokalen, in dem Gefühle und Begriffe bis ins Einzelne ausgedrückt werden können. Sie schreien wie Neugeborene, aber mit großem Wortreichtum und unerhörtem Raffinement.

Die vier Schriftsteller wurden also in ein Zimmer eingeschlossen und mit Gelée royale ernährt, weil auch in der Natur die Bienen ihre Königinnen mit Gelée royale ernähren, und die Schriftsteller stehen mit den Königen auf einer Stufe. So konnte man beobachten, daß die Schriftsteller rasch wuchsen und dicker wurden. Zum Füttern der Schriftsteller ließ man einige Schriftstellerinnen kommen, damit sie nicht durch den Kontakt mit der gewöhnlichen Bevölkerung entarteten. Alle vier Schriftsteller machten Vokalübungen mit überaus kräftigen Stimmen, die bedeuteten: Ich möchte noch Gelée royale. So wurde es ihnen in großen Dosen verabreicht, und sie nahmen zu, so daß sie bald wie Fäßchen aussahen, oder genauer gesagt, wie vier Ballone, denn ihre Körper und Bäuche hatten ein großes Volumen, während die Köpfe winzig blieben und beinahe spitz waren. Im Alter von drei Jahren waren sie gewaltig anzusehen, sie erschienen begriffsstutzig und wortkarg, aber das ist wahrscheinlich ihre wahre Natur, denn alle vier waren sich darin gleich. Breiähnlich wie Polenta hockten sie auf dem Boden, aber man konnte auch sagen, daß sie wie Könige aussahen. Als sie auf das vollendete vierte Lebensjahr zugingen, wurde jeder auf einen Stuhl gesetzt, von dem sie nur ungern herunterstiegen und von dem aus sie die ganze Umgebung regierten. Mit sieben Jahren sahen sie aus wie Erwachsene, wobei sich ihre Köpfe immer mehr zuspitzten. Sie lebten hauptsächlich von Gelée royale, Honig und Zucker. Wie es das Experiment vorsah, denn ein Schriftsteller im Naturzustand ißt nichts anderes; manchmal nehmen sich die Bienen selbst ihrer an, um ihren Königinnen einen König zu geben. Auf jeden Fall saßen sie nachdenklich vor einem weißen Blatt, zogen langsam einen Strich, dann zerrissen sie alles und man hörte, wie sie ihre Vokalübungen machten.

Man kann sie immer noch in dem Findelheim bewundern, alle vier. Mit den Jahren veränderten sie sich. Die besondere Kost wurde abgesetzt; und sie vegetieren, jeder auf seinem Stuhl sitzend, zufrieden mit der Welt und wohlgenährt. Sie haben gelernt, den Buchstaben A zu zeichnen; sie zeichnen ihn und geben ihn den Besuchern, wie man es ihnen beigebracht hat. Und beim Zeichnen geben sie dem Buchstaben Bedeutung mit; man hört darin das Echo eines galoppierenden Pferdes, man hört das Tosen des Meers und ein fahrendes Schiff, man hört darin die Wüste, Afrika, Kampfflugzeuge, blutige

Gemetzel, das Leben, den Tod und Abenteuer jenseits des Ozeans; das sagen die Besucher; und man hört auch, so heißt es, das Summen der Bienen. Alles hängt vom Grad der Annäherung ab. Wenn das A vollkommen gelingt, erscheint auf ihren kleinen Mündern ein Lächeln. Und dies ist das echteste Bild des Schriftstellers im Naturzustand.

9. Schriftsteller als Zuhälter

Ein Schriftsteller mit einem Krötengesicht lebte nahe bei einem Teich und dort verfluchte er unaufhörlich das Menschengeschlecht, nichts als Ganoven, Angeber, Arbeitsscheue und Kanaillen. Zum zweiten verfluchte er die Frauen, ebenfalls Kanaillen und Betrügerinnen, die ihn unter einer Decke mit dreckigen Mannsbildern immer verarscht hatten, um ihm Geld abzuknöpfen. Zum dritten verfluchte er eine spezielle Frau, die ihn um seinen Wohlstand und praktisch um sein Leben und seine Jugend gebracht hatte. Diese spezielle Frau hielt ihn in der Spinnwebe des Sexuellen gefangen; er fand eigentlich das Sexuelle abstoßend, doch hatte diese verfluchte Frau zwischen den Beinen eine solche Gier nach andauerndem Verkehr und Schändung, daß der Schriftsteller nur ein Korken war, aber auch jeder andere Mann kaum mehr als ein Korken war. Es war also keine Frage der Konkurrenz zwischen Männern, denn dort in ihrem Geschlecht war Platz für alle, der einzelne Mann hat ja seine Grenzen, doch diese Frau, nein, die hatte keine. Im Gegenteil, der Schriftsteller mit dem Krötengesicht sah sich selbst dazu gezwungen, stinkende und streitsüchtige Individuen aufzutreiben, die bereit waren, sich mit der Frau zu vereinen. Aber es kam vor, daß einige von den Typen nicht bezahlen wollten oder wenig bezahlen wollten, obgleich die oben genannte Kanaille von einer Frau weder innere Mängel noch moralistische Tabus hatte, aufgrund derer sich einer nachher enttäuscht hätte nennen können. Bei solchen Fällen vorsätzlicher Zahlungsunfähigkeit mußte der Schriftsteller eingreifen, damit sie ihm nicht die schuldige Summe stahlen und sich die Treppe hinunter davonmachten. Da nahm er sich jeden einzeln oder eine ganze Gruppe vor, denn oftmals kamen sie in Gruppen, drei oder vier zwielichtige, schräge Typen, und vereinbarten einen Gruppenpreis mit Rabatt; oder sie taten so, als wären sie eine Gruppe, um einen Rabatt zu bekommen, auch wenn sie sich zum Beispiel gar nicht kannten. Der Schriftsteller nahm es nicht so genau, ob es sich um einzelne oder einen Verein handelte. Aber wenn sie dann nach dem Geschlechtsverkehr davonliefen, nahm er sie sich auf dem Treppenabsatz oder im Treppenhaus vor; und manchmal verklopfte er sie, und manchmal wurde er verklopft. Das war die Unbekannte. Denn mitten in diesem Gestank, dem Durcheinander, den unaufhörlichen Streitereien mit diesen Schakalen fand man nie die Ruhe, die Kunstprosa oder den Geist zu pflegen, was er damals schon tat. Aber auch wenn er es schaffte, einen Zahlungsunfähigen am Treppengeländer festzuhalten, so geschah es doch viel häufiger, daß diese Leute, gewohnheitsmäßige Delinquenten und Nichtzahler, ihn unterkriegten und mit dem Kopf zwischen die Tür zwängten und ihm beispielsweise zum Hohn die Ohren langzogen oder sie ihm zusammenwickelten aus purem Vergnügen jemanden unterzukriegen: Der Schriftsteller machte sich los; wenn aber unter den Typen ein Boxer war, dann verdrehte er ihm auch die Nase; das war schon passiert; er hatte nämlich eine schiefe, plattgedrückte Nase, weil er andauernd seine Interessen verteidigen mußte, sie hatten ihm auch ein Auge beschädigt, nur um ihn zu erniedrigen, auf die Straße zu werfen und den Passanten auszuliefern. Und diese verfluchte Frau schaute, stets ruhig und zufrieden, aus dem Fenster und stand immer auf der Seite der Besucher, die ihn wirtschaftlich ruinieren wollten, abgesehen davon, daß sie ihm auch sein Leben und seine Jugend ruinierten. Sie interessierte sich nämlich nicht für die Bilanz, darum mußte sich der Schriftsteller ganz allein kümmern. Dann lief er die Treppe hoch und schrie: »Ich habe keinen Spaß daran, aber du offenbar schon.« Das sagte er, während sie sich wusch und sich den Hintern, den Bauch, die Leistengegend säuberte, und den feuerroten Flaum, das Zeichen für den Ort, auf den die Männer zustrebten und über den lauthals gestritten wurde, denn der Ort hatte schon seine Berühmtheit. Dann passierte folgendes: Eines Tages wurde er abgeholt und in den Knast gebracht. »Du beutest sie aus«, hieß es. »Wie? Sie beutet mich aus.« »Du bist schwerer Schlägerei angeklagt.« »Wie? Wenn ich das Opfer bin.« »Was bist du von Beruf?« »Schriftsteller.« Da lachte das ganze Gericht. Sie war auch da, und sie lachte mit, die Verfluchte. Selbst im Knast wurde er gefragt: »Bist du der Schriftsteller?« Das schien allen Spaß zu machen. Vier Jahre hat er gesessen wegen dieser wortbrüchigen Frau, als er wieder herauskam, war auch seine Jugend zu Ende, und er erfuhr, daß sich die Frau jetzt prostituierte. Deshalb sagte er, es reicht, mit dem Menschengeschlecht ist's vorbei. Deshalb ist er jetzt nur noch ein Schriftsteller, der alles verflucht: das heißt, er schreibt unaufhörlich Verfluchungen, an einem Stück, ohne Absätze, ohne Kapitel, ohne Titel und ohne daß er schon genug gesagt hätte, um zum Stillstand zu kommen.

10. Entfliehende Gegenwart

Ein Schriftsteller, der Philosoph und Skeptiker war, sagte: »Es gibt nur die Gegenwart; ich erinnere mich an nichts, ich hoffe auf nichts. Ende.« Um ihn herum standen seine Schüler, lauter Skeptiker. »Wer seid ihr?« fragte der Schriftsteller und sah sie an. »Das fragen wir dich!« Da sie nämlich nur die entfliehende Gegenwart begriffen, wußten sie nicht, woher der Typ da kam. »Ihr Schurken!« sagte der Schriftsteller zu seinen Schülern. »Warum rückt ihr mir auf die Pelle?« Die Schüler schüttelten ihn, weil es für sie nur die Gegenwart gab, das heißt, es gab diesen stinkenden und frechen Typ, der sie anschrie. Er bekam einen Fausthieb in die Leber, und da brüllte er so laut, als würde er abgestochen, da es nämlich für ihn nur diesen Augenblick der Gegenwart gab, konnte er keinen Vergleich ziehen, also war der Schmerz jedesmal der größte. So hielten die Schüler wegen des unheimlichen Geschreis inne, aber da fing er an, sie mit seinem Stock zu verprügeln. »Ihr Halunken!« sagte er, »Söhne des Nichts!« Das war keine Rache, denn es gab keine Vergangenheit, es war auch keine Pädagogik, denn es gab keine Zukunft, es war nur die Reaktion auf ihre bartlosen, pickeligen Gesichter, sie waren nämlich in jenem ekelhaften Alter, in dem einem der Bart hervorzusprießen beginnt. »Ihr Halunken«, sagte er. Die Schüler ließen sich verprügeln und jammerten. Da sie aber das Gesetz von Ursache und Wirkung nicht kannten, konnten sie niemanden beschuldigen, zumal ihnen auch der Begriff der Schuld unbekannt war. Also fielen sie schließlich alle aufeinander, wobei sie sich gegenseitig an der Gurgel packten, an Haaren und Härchen zogen und sich wanden wie ein Haufen Würmer. »Wer da?« hörte man zum Beispiel rufen. Und die anderen echoten: »Wer da? Wer da?« und sie spähten in die Runde, und auch der

Meister begann zu spähen, denn die entfliehende Gegenwart hatte ihn sofort erfaßt. »Wer da?« wiederholte auch er; er wischte sich den Schweiß ab und sah alle Umstehenden grimmig an. Keiner wußte, wer er war und was passiert war.

Diese Gesellschaft hatte sich gebildet, als der Schriftsteller, ihr Meister, sich gegen das Sprechen aufgelehnt hatte. Eines schönen Tages war er aus dem Haus gegangen und wollte sich nur noch mit Ohrfeigen ausdrücken. Man mußte ihn tatsächlich festhalten. Außerdem stieß er ein Gegrunze aus und die artikulierte Sprache der meisten brachte ihn auf die Palme. Im Lauf der Zeit hatten sich ihm spontan junge Leute angeschlossen, die seit eh und je gegen das Wort waren: Stotterer, schwere Dyslektiker und einige Stumme. Für ihre Lehre war kein theoretisches Werk vorgesehen. Doch kam es vor, daß der Meister zum Beispiel, wenn ein dürres Blatt von einem Baum fiel, stehenblieb und es bewunderte und in aller Ruhe sagte: Blatt. Da drängten sich alle um ihn und wer es schaffte, wiederholte: Blatt; mit großer Ehrfurcht, als ob dieser Laut ein Geheimnis enthielte. Einer nahm das Blatt in die Hand und kostete davon, denn in dem Verband herrschte ein hartnäckiger Hunger. Dann spuckte er es aus, aber auch das mit Ehrfurcht. Wenn aber eine Nuß herunterfiel, dann murmelte man in der Runde: Nuß; wer aber davon kostete, schien ein Geheimnis verstanden zu haben. Dann kam zum Beispiel Wind auf; und der Meister sagte: Wind. Das verstand, wer ihm am meisten ausgesetzt war, die in der ersten Reihe. Die anderen wiederholten: Wind; aber ohne besondere Betonung. Manchmal sagte der Meister unvermittelt: Luft oder Tag; oder: ein schöner Tag. Da waren alle wie verzaubert, und das Gefühl, etwas verstanden zu haben, verbreitete sich unter den Schülern, auch wenn sie nicht wußten, wohin sie schauen sollten. Einer schaute auf eine Dachrinne, einer auf eine Antenne, ein anderer auf das glitzernde Wasser, in dem seine Füße standen, wieder ein anderer folgte einer Schwalbe und wiederholte: ein schöner Tag. Und lange wiederholten sie: ein schöner Tag; manche im Gras liegend, manche in der Nase bohrend.

Nach Stunden philosophischer Ruhe neigte sich der Tag. Wer gegessen hatte, schlief, fern von jeglicher Gegenwart. Wer nichts gegessen hatte, nicht einmal eine Nuß, jammerte und störte den Meister mit abgeschmackten Lauten und Gepiepse. »Wer da?« rief der Meister und schlug einen mit seinem Stock auf den Mund. Bis dann die Nacht herniedersank und man nichts mehr sah als Jupiter und die zahllosen Sterne, und endlich schwächte sich für alle auch die entfliehende Gegenwart.

11. Paul Manzanieri

Ein Schriftsteller, der keine Zeit mit falschen Chimären verlieren wollte, sagte, er würde schreiben, sobald ihm ein Verleger Erfolg garantierte. Ein Verleger garantierte ihm Erfolg unter der Bedingung, daß er innerhalb von drei Monaten zur großen weltweiten Buchmesse schrieb. Man traf die Vereinbarung, und drei Monate später stand der Schriftsteller mit seinem Manuskript da. »Gut«, sagte der Verleger und las den Anfang, der so anfing: *Paul Manzanieri hielt sich für gerissen. Aber gerissen war er, wie sich zeigen sollte, nicht.* »Sehr gut«, sagte der Verleger, »dieser Anfang wird Erfolg haben. Aber wie geht es weiter?« »Es geht weiter«, sagte der Schriftsteller, »daß Paul Manzanieri ein Pokerspieler war, der immer mogelte, aber jedesmal entdeckt und blutig geschlagen wurde.« »Keine Frauengeschichten?« fragte der Verleger. »Doch, im zweiten

Kapitel.« Der Verleger schlug das zweite Kapitel auf und las: *Margareth Crema schaute in den Spiegel. Sie sah das zerwühlte Bett und darin Paul Manzanieri.* »Sehr gut«, sagte der Verleger. »Wer ist diese Margareth Crema?« »Das wird im dritten Kapitel erklärt. Margareth Crema ist eine Soubrette, die einen reichen Mann heiraten möchte, und sie meint, Paul Manzanieri sei reich.« »Wie geht es aus?« fragte der Verleger. Der Schriftsteller schlug die letzte Seite auf: *Lebwohl, Margareth, sagte Paul Manzanieri und hob die Pistole. In dem Moment kamen die vier Pokerspieler zur Tür herein.* »Kommen sie um?« fragte der Verleger. »Alle kommen um, sie sind alle bewaffnet. Die Pokerspieler suchten Paul Manzanieri schon seit dem vierten Kapitel.« »Und das Gefühl?« fragte besorgt der Verleger. »Das Gefühl steht im sechsten Kapitel.« Und er las: *Wie konnte sie diesen Mann lieben? Sie liebte seine Niederlagen, sein verzweifeltes Pokerspiel. Er spielte ja für sie. Aber das Leben kennt keinen Pardon. Sie liebte Paul Manzanieri und seine Verzweiflung.* »Das wird ein Erfolg, ein großer Erfolg«, rief der Verleger ganz im Feuer, wobei er das Manuskript packte, »es fehlt nichts. Nur der Titel! Welchen Titel hat es?« *»In Dreierreihen«*, sagte der Schriftsteller. *»In Dreierreihen*?« erwiderte der Verleger verstimmt, »aber so einen Titel hat man noch nie gehört. Es muß etwas sein, das Eindruck macht.« Der Schriftsteller überlegte und sagte: *»Der Tote in der Schublade.« »Der Tote in der Schublade?«*, wiederholte der Verleger, »Das ist ein guter Titel, aber kein sehr guter. Haben Sie nicht etwas, das noch mehr Eindruck macht?« *»Drei Tote in der Schublade«*, sagte der Schriftsteller. »Ja, genau, das ist der Titel!« rief der Verleger, *»Drei Tote in der Schublade.* Ich garantiere einen Welterfolg von mindestens drei Monaten.« Dann aber wurde er nachdenklich; schließlich hakte er den Schriftsteller unter und sagte ihm im Vertrauen: »Ihr Name paßt nicht. Wollen Sie, daß der Roman Erfolg hat?« »Ja«, sagte der Schriftsteller mit Nachdruck. »Dann müßten Sie einen internationalen Namen haben, der auch in Amerika geht. Zum Beispiel«, sagte der Verleger, »sie müßten zum Beispiel Vincent America heißen. *Drei Tote in der Schublade* von Vincent America. Hören Sie das? Das würden alle kaufen. Man könnte nicht sagen, das ist provinziell. Drei Monate lang würde sich die Welt verpflichtet fühlen, das zu lesen.« »In Ordnung«, sagte der Schriftsteller, »es soll ein Erfolg werden.« »Wissen Sie, was wir dann machen?« sagte der Verleger, der nie aufgehört hatte, global zu denken. »Sie werden Vincent America heißen, aber nun paßt ihr Gesicht nicht mehr: Man sieht sofort, daß es den Namen eines anderen hat. Das Publikum würde sich hintergangen fühlen. Sie haben kein internationales Gesicht.« Und er zog die Fotos eines kräftigen, gebräunten Mannes hervor, die dem Schriftsteller sofort gefielen, denn sie waren so, wie er eigentlich sein wollte und vergeblich zu werden versucht hatte. Er freute sich also, daß er jetzt dieses Gesicht hatte. »Sie werden sehen«, sagte der Verleger, »die Frauen werden verrückt auf Sie sein.« Der Schriftsteller lachte vergnügt, weil ihm die Frauen schon immer gefallen hatten, aber er den Frauen nie. Er hatte eine Knollennase, während er auf den Fotos eine männliche Nase hatte. Und einen mausehaften Gesichtsausdruck, während er auf den Fotos einen internationalen Gesichtsausdruck hatte. Und der Verleger sagte noch einmal: »Sie werden den Frauen gefallen, auf jeden Fall.«

Das Buch hatte schon auf der weltweiten Buchmesse großen Erfolg. Vincent America stand in allen Zeitungen, insbesondere in den Modezeitschriften, wo die Fotos des kräftigen, gebräunten Typen erschienen: Exklusivfotos, wie es hieß, denn Vincent America liebte es nicht, öffentlich aufzutreten und sich fotografieren zu lassen. Er wurde auch interviewt, am Telefon, aber der Verleger zog es vor, die Stimme eines anderen zu verwenden, die Stimme des Schriftstellers wäre nämlich eine Enttäuschung gewesen, so sagte er, denn es war eine näselnde, kraftlose Stimme. Während der andere, Synchronsprecher beim Film, die trockene Stimme eines Pokerspielers und Moglers hatte, genau wie man sich die Stimme Paul Manzanieris, des Romanhelden, vorstellte, der den Frauen so gut gefallen hatte. Der Schriftsteller bekam ein wenig Geld, aber er wußte nie genau, wieviel ihm eigentlich zustand. Er hatte einen Welterfolg von genau drei Monaten gehabt. Aber als er seinen Freunden erzählte, er sei Vincent America, fast ein Zwerg, der es nicht einmal geschafft hatte zu heiraten, mit einer mißglückten, ländlichen Visage, da ließen ihn die Freunde reden, denn sie hatten ihren Spaß dabei, den Spaß, den man eben hat, wenn einer, der verblödet ist, sich unvermittelt auch noch etwas einbildet. Schließlich nannten sie ihn America, und dieser Spitzname blieb ihm bis ans Ende seiner Tage, auch dann noch, als keiner mehr wußte, daß es einmal drei Monate lang einen Vincent America gegeben hatte in der globalen Welt der Kommunikation.

12. Meeresautobahn

In der Geschichte des Menschen hat es Epochen gegeben, in denen unentwegt ziemlich große Wunder geschahen; die Gottheiten lebten wohl damals auf niedriger Höhe und pflegten Verkehr mit dem Menschengeschlecht, so sagte ein atheistischer, boshafter Schriftsteller. Heute, so pflegte er zu sagen, erscheinen die Wunder sehr bescheiden, auf den Sektor des Gesundheitswesens beschränkt: eine Wunde, die nicht vernarbt, eine geheilte Arthritis, sonst nichts. Warum wird zum Beispiel der Polizei nicht durch ein

Wunder geholfen, der Mafia Herr zu werden? Warum werden die Staatsschulden nicht getilgt, damit der Staatshaushalt wieder ins Lot kommt? Damit ließe sich unter anderem eine Menge kleinerer Teilwunder vermeiden, die arme Familien von Arbeitslosen, Rentner und mittellose Invaliden betreffen. Sogar die theologische Frage würde sich wieder klären. Aber auch, so sagte er, wenn sich beispielsweise einfach das Meer zwischen Civitavecchia und Sardinien öffnen und eine Stimme vom Himmel die Touristen auf dem Weg in den Urlaub auffordern würde, direkt mit dem Auto durchzufahren; vielleicht sogar am 1. August, wenn all die Städte verlassen sind, und man unter der glühenden Sonne auf die Fähre warten muß. Ja, das wäre ein wahres und ein gewaltiges Wunder, welches darauf hinweisen würde, daß sich der Allmächtige bester Gesundheit erfreut. Vielleicht könnte das Meer sogar den ganzen Sommer offen bleiben, vom ersten Juli bis zum dreißigsten August, wodurch den Touristen auch die Heimreise auf dem Meeresgrund auf drei- oder mehrspuriger Fahrbahn gewährleistet wäre. Am Morgen des ersten September könnte sich das Meer dann wieder schließen; wer da noch unterwegs wäre, zum Bespiel einige Nachzügler oder Sünder im Auto oder auf dem Motorrad, Leute, die sich auf der Haltespur küssen, ein Auto voll Sodomiten, über das erlaubte Maß beladen, oder einer, der fluchend ohne Führerschein am Steuer sitzt, oder ein ungläubiger, pedantischer Skeptiker, der auf dem Halteverbot seine Haarspaltereien über das Wunder betreibt; alle diese könnte das Meer überfluten, denn ein Wunder kann, wenn es entschieden und gewaltig ist, außer dem Guten auch Tote bringen. Wir können den Plan Gottes und vor allem seine Urteile über die Menschen nicht kennen, insbesondere während der Heimreise vom Urlaub.

So äußerte sich der atheistische Schriftsteller in der

Öffentlichkeit. Nun, dieser atheistische Schriftsteller war eines Sommers mit seiner Frau und seinen zwei Kindern in Sardinien auf Urlaub. Die Frau war Atheistin, die Kinder Agnostiker, denn sie waren noch klein. Seit drei Stunden standen sie mit dem Auto in einer Schlange, um sich einzuschiffen und nach Italien zurückzukehren. Die Sonne brannte entsetzlich und die Familie war ausgedörrt, wie auch alle anderen Touristen der unendlich langen Schlange, denn die Bars waren geschlossen, und es gab weder einen Brunnen mit Trinkwasser noch einen Wasserhahn. Unter anderem schien die Einschiffung immer unmittelbar bevorzustehen, hin und wieder wurde auch schon gepfiffen. Es war um drei Uhr nachmittags am einundzwanzigsten August, als man plötzlich den Pfiff immer stärker und sozusagen immer dröhnender hörte, wie wenn die Kette hochgezogen wird und die Klappe der Autofähre aufgeht. Diesen Pfiff hörten alle, und alle sahen deutlich, daß sich das Meer öffnete. Und sie sahen eine asphaltierte Straße mit einer Fahrbahn, die auf dem Grund des Hafens verlief, eine weite Kurve machte und sich im Meer entfernte, bis über den Horizont hinaus. Die Straße war feucht und hatte einige Pfützen, war aber in gutem Zustand und vermittelte ein Gefühl der Kühle. Auf dem Boden waren Farbspuren; aber, so berichteten einige, nicht dieselben Zeichen wie bei uns, sie schienen archaisch oder aus Nahost. Man sah sogar deutlich einige Krebse in gemächlicher Eile den asphaltierten Meeresgrund überqueren. Der Schriftsteller war der erste, der den Motor einschaltete, seine Kinder rief, die zwei Türen schloß, die Gurte anschnallte und mit großer Geschwindigkeit erregt losfuhr. Er hatte die Rutschbahn gesehen, die den anderen entgangen war, obwohl sie von der Hafenmole direkt vor ihm abwärts führte. Das Wasser zögerte nur wenige Sekunden, bevor es sich wieder schloß. Das Auto wurde mitsamt seinen Insassen eine gute Stunde später nicht mehr als drei Meter von der Mole entfernt herausgezogen. Danach wußte niemand mehr sicher, was eigentlich geschehen war. Es wurde auch gesagt, der Schriftsteller habe beim Losfahren irgend jemandem etwas zugerufen.

Der Rest des Nachmittags war dann noch heißer. Die Autos schienen zu brennen; der Beton der Hafenmole machte die Luft so glühend, daß die Küsten und das Meer einen unheimlich verzerrten Anblick boten.

13. Pinguine als Kritiker

Ein Schriftsteller stieg, vom Alkohol umnebelt, in ein Boot und verirrte sich auf hoher See. Die anderen Schriftsteller, die an Land geblieben waren, feierten lustig weiter; bis es am Abend den meisten ziemlich übel war. Einige hatten sich zum Phantasieren ins hohe Gras zurückgezogen. Einige blieben die ganze Nacht bewußtlos liegen; andere suchten lange Zeit den Heimweg, bis sie wankend und entkräftet vom Morgengrauen überrascht wurden.

Doch niemand dachte mehr an das Boot und den Schriftsteller, der im Meer verschwunden war. Dieser sang, rot wie ein Klatschmohn, der Spielball des Windes, weiter lauthals die berühmtesten Opernarien. Später fiel er auf den Boden des Bootes, als der Wind immer wilder wurde und die Wellen auch. Er sang auch im Liegen noch ein wenig, während das Boot durch die Spritzer flitzte, bis es völlig nacht wurde; dem Schriftsteller war nicht klar, ob das Meer ihn samt seinem Bett von zu Hause entführt hatte oder ob er in seinem Badezimmer herumfuhr. Er suchte mit der Hand ein wenig nach den Wasserhähnen, dann ging die Sonne wieder auf und es wurde wieder Nacht. Am Morgen des dritten Tages sah er eine Insel und strandete.

Es ist dies eine Insel, so erzählte er, als er fern von jeglichem katalogisierten Landstrich von einem Schiff aufgelesen wurde, es ist eine Insel, sagte er zum Ersten Offizier, ohne Hotels, und es fehlen Badeanstalten und Restaurationen jeglicher Art. Aber, wie er sagte, dicht besiedelt, doch von einer ziemlich hochnäsigen Bevölkerung. Wahrscheinlich hatte sich die Nachricht verbreitet, daß er Schriftsteller sei, und dort hält die Bevölkerung zu den Kritikern. Das sehe man sofort, sagte er, denn alle würden sich wie Professoren gebärden. Sie gehen mit hermetischem Aussehen spazieren, sind immer schwarz gekleidet, auch am Strand. Sie lachen nie, es sieht im Gegenteil so aus, als hätten sie einen Schnabel, den sie mit steifer Würde zur Schau tragen. Es ist klar, daß ihre Haupttätigkeit das Urteilen ist. Und seinen Fall beurteilten sie schlecht, da er ein lebender Schriftsteller war. Wenn er als Leiche mit seinem Boot angekommen oder dicht am Strand im seichten Wasser ertrunken wäre, in diesem Fall, so sagte er, hätten sie ihn in Betracht gezogen; denn diese Kritiker seien wie Totengräber und würden auch so aussehen, sie interessieren sich nur für dich, wenn du eine Leiche bist, dann kommen sie näher, umringen dich und nehmen dir Maß. Den Selbstmord schätzen sie zum Beispiel sehr; ein Schriftsteller, der sich selbst umbringt, tut nach ihrer Meinung seine Pflicht; und dort auf der Insel hätten sie es ihm zu verstehen gegeben: Bring dich doch um, schienen sie zu sagen, denn dann zitieren wir dich; bring dich um, dann gewähren wir dir eine akademische Gedenkstunde.

Im allgemeinen handelt es sich nur um griesgrämige Typen, aber sie können sich mitunter zu Schwerverbrechern auswachsen. Sie hatten zum Beispiel das Wasser versteckt, damit der Schriftsteller wenigstens vor Durst starb und seine Biographie endgültig wurde. Aber der Schriftsteller hielt durch, jagte sie fort und versuchte, einige mit einem Ruder zu treffen, aber sie bewegten sich schnell, obwohl sie erschraken und wie Vögel kreischten, denn die Kritiker sind im allgemeinen nicht daran gewöhnt, daß sie ein Schriftsteller vernichten will. Sie empfinden sich als eine geschützte Gattung.

Außer Urteile abgeben können diese Typen überhaupt nichts. Er sah sie nicht so genau, weil er im Meer seine Brille verloren hatte, aber nie kam einer zu ihm, um mit ihm zu reden oder sich mit ihm anzufreunden. Vielleicht ist dies eine Insel, so meinte der Schriftsteller, auf die die schlimmsten Verbrecher unter den Kritikern geschickt werden, um ihre Zuchthausstrafen abzubüßen. Aber, so fuhr er fort, wenn man sie sich selbst überläßt, werden sie weiterhin Verbrechen begehen, Mafiose und Feinde des Menschengeschlechts bleiben. Mit Nachdruck sagte der Schriftsteller: »Ich würde ihnen ihre Hochnäsigkeit schon austreiben, zuallererst würde ich einigen eine Hacke in die Hand geben und den anderen einen Spaten und sie in Dreierreihen aufstellen; und dann müßten sie den hochtrabenden Schnabel und das hinterhältige Ohrfeigengesicht zur Erde kehren.«

Als der Schriftsteller diese Reden führte, war er vom Meersalz stark dehydratisiert und hatte einen Gesichtsausdruck wie eine Korkenrinde. Später schrieb er an das Justizministerium, man möge ihn mit der Umerziehung der Kritiker in der Strafkolonie betrauen; nur konnte er weder den Breitengrad noch den Längengrad seiner Insel genau angeben.

14. Schriftsteller beim Bespringen

Heute ist alles falsch auf der Welt, eine Maskerade. Wenn sich zwei Schriftsteller zum Beispiel auf der Straße treffen, würden sie im Naturzustand sich gegenseitig den Hintern beschnuppern. Trotzdem tun sie es nicht. Dann kann es vorkommen, daß die beiden schwänzeln, trotzdem geben sie sich lediglich die Hand; und man sieht sie bekleidet und beschuht spazierengehen, ohne irgendeinen natürlichen Affekt zu zeigen. Man sieht sie vernünftig plaudern, ohne zum Beispiel mit den Ohren zu wackeln oder zu beißen oder einander hinzuwerfen und sich am Boden zu wälzen; einige sind Gewerkschaftsmitglieder und debattieren darüber, ob sie Bürgerrechte haben oder nicht. Einige sollen sogar den Führerschein haben und autofahren; schlecht, heißt es, denn ihrer Veranlagung nach würden sie lieber den Instinkten folgen als den Verkehrsschildern.

Es gab jedoch eine Zeit, in der die Schriftsteller jegliche Verstellung abgelegt hatten, und man sah sie in Rudeln am Rand der menschlichen Ansiedlungen herumlaufen. Sie pflegten sich nicht mehr zu rasieren, also sahen sie stachelig aus, die Härchen, die ihnen da und dort wachsen, stutzten sie auch nicht mehr, also sahen sie verwildert aus. Die Männchen bissen sich oft gegenseitig: Wenn sie sich zum Beipsiel in einer Bar trafen, konnte es unvermittelt zu einer Rauferei kommen, weil sich ein Schriftsteller zum Scherz auf einen anderen gesetzt hatte oder weil er das Mineralwasser eines anderen oder den Kaffeerest eines anderen getrunken und den Zucker und den Löffel geleckt hatte; da brach im Nu ein Streit aus, es gab Bisse jede Menge; sie bissen einander in die Ohren, das Zahnfleisch, die Zähne, die Lippen, dazu wurde gebrüllt, Tassen flogen durch die Luft, Stühle wurden umgeworfen, bis der Kellner gelaufen kam und sie mit einem Eimer Wasser wieder beruhigte. Daraufhin setzten sich die nun nassen Schriftsteller, jeder auf einen eigenen Stuhl, wobei sie sich noch eine Weile grimmig ansahen, aber sich dann die Bißwunden gegenseitig mit Speichel desinfizierten, und später fingen sie wieder an, das Leben zu genießen und sich zu amüsieren. So war das literarische Leben in einem früheren Café. Wenn eine Schriftstellerin im Café saß, strichen alle hocherfreut um sie herum und atmeten ihren Geruch ein. Dann versuchte der robusteste Schriftsteller, der ein paar nette und irrationale Worte zu ihr sagte, die Schriftstellerin zu bespringen, ohne falsche Scham und hinterhältigen psychischen Druck, während sich die schwächeren, untergeordneten Schriftsteller um sie drängten, in der Hoffnung, es werde auch für sie etwas abfallen. Der robusteste Schriftsteller versuchte dann die Schriftstellerin herumzudrehen, die (in den meisten Fällen) fest auf dem Stuhl saß und ihn nicht losließ; deswegen blieb der Stuhl, auch wenn der robusteste Schriftsteller an sie herankam und sie mit den Zähnen packte, immer dazwischen und verhinderte jeglichen Fortschritt. Alle schwächeren Schriftsteller, weit entfernt davon, den Moralisten herauszukehren (was sie heute machen würden) verfolgten den Fall mit Interesse und aus nächster Nähe, machten technische Kommentare über den Stuhl und seine Einmischung: Warum stand er im Weg und was tut man in derartigen Fällen? »Soll ich mal probieren?« fragte einer der schwächeren Schriftsteller im Zug der allgemeinen Euphorie, aber der robusteste Schriftsteller wurde immer weniger leutselig wegen dieses Stuhls, der nicht hören wollte und stieß zwischen den Zähnen hervor: »Haut ab, ihr nervt mich!« Wenn der robusteste Schriftsteller stürzte oder verunglückte, nahmen sofort einige schwächere seinen Platz ein; zu dritt oder auch zu viert übereinander warfen sie sich auf die Schriftstellerin, ihrem Trieb zum Bespringen folgend, den sie nicht hätten erklären können und der wohl zum extrovertierten Wesen des Schriftstellers gehörte. Wenn die Schriftstellerin schließlich weggegangen war, versuchten sie zu etlichen den Stuhl zu bespringen, denn damals waren die Schriftsteller noch naiv (nicht so gekünstelt wie heute, und an dem Stuhl haftete noch eine Weile der typische Schriftstellerinnenduft, der für sie so verwirrend war. Manchmal war es auch verwirrend für sie, Tischbeine oder Menschenbeine zu beschnuppern, und der Kellner mußte mit Wasser eingreifen, denn ihre Bespringungssucht konnte den Kunden der Bar auf die Nerven gehen. Jedenfalls soll man nicht glauben, daß die Schriftstellerinnen diese große Ungeniertheit kränkte. Sie waren keine engstirnigen kleinbürgerlichen Wesen (wie heute, wo alles intellektuell, voller Seufzer, Schlaflosigkeit und Schluchzen sein soll). Ein- oder zweimal im Jahr kam es sogar vor, daß sie gar keinen Einspruch erhoben. Es bildete sich also ein Schwanz geiler Schriftsteller, die sich mit den Ellbogen stießen, keine Stühle waren mehr dazwischen, und es kamen auch streunende Schriftsteller oder Bastarde, die das Fest gewittert hatten; bis auch da der Kellner mit seinem Eimer Wasser oder einem Besen eingriff, indem er mit dem Besen Schriftsteller und Schriftstellerinnen auseinandertrieb, egal ob Bastarde oder Reinrassige. Der Kellner hatte, ehrlich gesagt, nichts zu lachen, denn im Namen der Ungeniertheit überlegte ein Schriftsteller (oder eine Schriftstellerin) nicht lange, wenn er oder sie sich entleeren mußte, und es war noch nicht so wie heute, wo man sie die Ärmsten zwingt, sich auf die sanitären Anlagen zu setzen, wo sie schon beim bloßen Hinsehen so lächerlich wirken. Es tut einem in der Seele weh, wenn man sieht, wie die Schriftsteller gut frisiert, rasiert und gesittet, einige mit Augengläsern, um gelehrter und philologischer auszusehen, in der Bar neben ihrem jeweiligen Verleger sitzen, der zu ihnen »bleib sitzen« sagt, wenn zufällig eine hübsche Schriftstellerin oder ein Schriftsteller, der ihr Todfeind ist, mit seinem Verleger vorbeigeht. Und während die Verleger einander ihre Hochachtung bezeigen, ißt jeder Schriftsteller sein Eis aus seinem Becher, ohne daß man ihn am Jacket festhalten oder mit einer Zeitung einen Klaps auf den Kopf geben müßte. Es kommt immer noch vor, daß sie aneinander geraten oder daß sie heimlich die Bespringung einer Schriftstellerin und die irrtümliche Bespringung irgendeines Menschen versuchen. In diesen Fällen hat der Verleger die Haftpflicht für Schäden bei Dritten oder Sachschäden.

II.
UNTERRICHT IN VÖLLEREI

Setz dich und iß. Das sind Frikadellen. Geschrieben wird nachher. Zu viele, meinst du? Nein, eigentlich nur reichlich. Ja, in Fett herausgebacken. Was meinst du? Die liegen dir dann den ganzen Tag im Magen? Na ja, ihre Zeit braucht die Verdauung schon. Wir sind ja Menschen. Aber jetzt probiere. Stimmt's? Was hab ich dir gesagt? Die Frikadellen sind der Gipfel der Kochkunst: aber in Schweinefett herausgebacken. Doch, doch, in Schweinefett, macht sie viel schmackhafter. Siehst du, goldbraun gebacken, nur ganz leicht knusprig, so müssen sie sein. Ei, Fleisch und Semmelbrösel, ein einfaches Gericht. Du kannst so viele essen, wie du willst. Nimm dir doch noch welche. Aber nein, was sagst du denn? Das ist doch keine Portion für vier, reicht knapp für einen, eigentlich kaum eine halbe Portion. Sogar den Kranken gibt man Frikadellen, vor allem bei Magengeschwür. Wieso, wenn sie in Fett herausgebacken sind? Herausgebacken, wie es sich gehört, das ist leichter verdaulich als Reis; als Salat, das Modeessen. Den Salat überlassen wir den Wiederkäuern, den Philosophen. Probiere doch noch ein paar! Fängst du jetzt an zu zählen? Ein paar, damit meint man wenig. Na gut, auch wenn es nicht wenig sind, iß wenigstens soviel du Lust hast. Eine Portion für fünf? Aber was sagst du denn da? Du hast noch nie eine Frikadelle gegessen, stimmt's? Wahrscheinlich kennst du nur die Gasthausfrikadellen, diese kleinen strohtrockenen Dinger, die mag ich auch nicht, nein, nein, die nicht. Aber jetzt iß, iß nur und ich erklär es dir. Im Gasthaus bringt man dir zwei Frikadellen »mignon« und du sagst: Was ist denn das? Was Sie bestellt haben, sagt man dir. Ich wollte Frikadellen, ich hatte Frikadellen bestellt. Das sind sie, sagt man. Verstehst du? Das sollen nach ihrer Meinung Frikadellen sein … iß nur … Wie? Du hast schon genug gegessen? Noch zwei, gib her, gib deinen Teller her. Deinen Teller, sag ich. Du bist ja noch gar nicht auf den Geschmack gekommen und schon willst du keine mehr. Ich hab dir doch gesagt, es gibt sonst nichts. In einer Stunde hast du wieder Hunger. So! Sogar! Für zehn! Für zehn hast du gegessen. Aber geh zu! Eine Frikadelle ist gar nichts, die rutscht von selbst hinunter, spürst du gar nicht, kaum im Mund und schon ist sie verdaut. Und sag mir nicht, es reicht, denn, wenn du aufstehst, dann sollst du wirklich gegessen haben. Nochmal ein paar. Ja, die sind besser herausgebacken, das Fett ist ja inzwischen heißer geworden, und drum sind sie in einem Augenblick fertig. Und bleiben leicht. Ich laß dich kosten. Das mußt du kosten. Aber nein, es sind nicht zu viele. Eine Kartoffel ist auch drin. Ein bißchen Kartoffel und ein bißchen Blumenkohl, dadurch sind sie leichter. Schön weich, oder? Die Grundlage bleibt sich immer gleich: Fleisch, Ei und Semmelbrösel. Einfacher geht's nicht. Ein bißchen Huhn kann man auch dazugeben. Sie bleiben immer noch leicht. Probiere! Mortadella ist auch drin, in kleinen Würfeln, sehr kleinen, nur wegen des Geschmacks, aber praktisch, als ob keine drin wäre; Mortadella und kleine Speckwürfel; das ist mein Zusatz. Schmeckt dir doch, oder? Aber nein, sind doch nicht viele. Nur zum Probieren! Eine einzige ist wie nichts, du weißt noch nicht mal, wie sie schmecken. Aber nicht zählen, bitte. Die Frikadellen ißt man, das ist keine Mathematik. Iß nur, wir sind nicht im Gasthaus, dort hält man sich besser ans Leichtverdauliche … iß nur … Im Gasthaus nie Frikadellen!

Dort werden sie mit Sägemehl gemacht. Das schadet dir nicht, aber es fehlt die Substanz. Im Krieg haben wir sie auch mit Sägemehl gemacht, die kannst du essen, aber satt wirst du nie. Wir haben das Holz zu Brennholz gesägt und aus dem Sägemehl Frikadellen gemacht. Aber jetzt iß deinen Teller leer, wäre schade drum. Und dann auf jeden Fall, muß ich dir das sagen? Frikadellen gibt's nie genug. Einer steht am Herd und bäckt und bäckt, und der Teller ist immer schon leer. Iß nur noch, keine Angst, ist noch nicht spät, dürfte ungefähr halb zwei sein. Drei? Nein, unmöglich. Wann hab ich denn angefangen? War noch nicht eins. Um nicht mit leerem Magen Unterricht zu machen. Und wie viele Pfannen voll hab ich gebacken? Bleib nur sitzen, ich geh schon und schau auf die Uhr, nur einen Moment, bis die hier in der Pfanne fertiggebacken sind. Ja, die sind etwas Besonderes, ein klein wenig größer als die anderen: mit Fleisch, Artischocken, Spinat und Käse, hier hast du sie. Riesig? Aber geh zu! Frikadellen dürfen ja nicht groß sein, sonst lassen sie sich nicht gut herausbacken. Bei denen ist nur der scheinbare Durchmesser anders. Probiere sie nur, dann merkst du's selber. Mmmm ...! Du wirst sie doch nicht auf dem Teller liegen lassen? Mach Platz, mach Platz, da kommen noch welche. Die zergehen dir auf der Zunge. Du weißt noch nicht, was eine Frikadelle ist. Fünfzig? Fünfzig Stück willst du gegessen haben? Na und? Auch wenn es so wäre. Frikadellen können dir nur wohltun, die helfen beim Schreiben. Fleisch, Gemüse, ein Ei, das kommt von der Henne; Semmelbrösel, das ist so gut wie nichts. Wenn einer genug gegessen hat, dann hört er auf, aber nicht früher. Sonst hast du noch ein Plätzchen frei im Magen, und du gehst unbefriedigt weg. Was hast du denn nachher zu tun? Was auf der Maschine zu schreiben? Dann laß dir Zeit beim Essen, denn die Maschine, die läuft dir nicht davon, die hat es nicht eilig. Nachher kannst du schreiben, dann bist du wenigstens bei Kräften und schreibst alles, was du willst. Sogar mit Phantasie. Mit leerem Magen dagegen sitzt du vor der Maschine und denkst an die Frikadellen. Hätte ich sie nur gegessen! Dann ginge das Schreiben jetzt wie geschmiert. Hätte ich sie nur hier! ... Aaah, aber jetzt! Siehst du, wie sie dir jetzt schmecken? Weißt du, daß man schon in vorgeschichtlicher Zeit Frikadellen machte? ... iß nur ... Das Konzept ist elementar: ein wenig Ei, das gab's schon, die Semmelbrösel hatten sie auch schon erfunden. Warum auch nicht? Das Reibeisen, da gehört nicht viel dazu, das zu erfinden, und die alten Semmeln, die müssen ja nur einen Tag liegen, dann sind sie schon alt ... Ohoo, na siehst du, wie es dir jetzt schmeckt? Von Frikadellen wird man nämlich nicht satt. Ich weiß nicht, warum. So viele man auch ißt, man wird nicht satt. Die hier sehen größer aus, sind aber leichter verdaulich, weil das Ei nämlich ein bißchen geschlagen ist, außerdem sind sie nicht aus Rindfleisch, sondern vom Kalb: Kalbskopf, Innereien, Leber, schmeckst du's heraus? Und Euter. Warte nur, warte, ich backe noch ein paar heraus. Die sind jetzt mit Kalbshaxe und Schwanzfleisch. Trink nur, trink, dann rutschen sie runter. Nein, es ist noch nicht fünf, ist doch noch hell, siehst du's nicht? Zum Schreiben kommst du nicht zu spät. Warte, ich gebe noch ein bißchen Fett dazu. Damit es gut wird, braucht man viel Fett; und heiß muß es sein, aber rauchen darf es nicht. Laß dir nur Zeit, nach dem Mittagessen sitzt du dann ruhiger an der Schreibmaschine; aber jetzt iß sie, solange sie warm sind. Du schaffst es schon! Aber doch, sind ja nicht viele. Und wir haben es nicht eilig. Inzwischen mache ich eine Sorte, die du noch nicht kennst: mit Paprika, Zwiebel, Auberginen und Oliven; so hat sie meine Mama immer gemacht, die Arme; aber mit ein wenig Kürbis dazu, denn Kürbis mochte sie gern, die Arme; ihre Frikadellen, die kann ich nicht vergessen, also, wir saßen kaum am Tisch und schon »Mama, nochmal, die Frikadellen sind alle«, und sie hat immer wieder welche herausgebacken, das machte sie gern, Frikadellen herausbacken, die Arme; ich aß Unmengen, jeden Tag; am Sonntag machte sie Tomatensoße dazu, frisch gebackene Frikadellen in Tomatensoße. Dann ist mein Vater gestorben; auch meine Mutter ist gestorben, und ich, was willst du? Wenn ich ein paar Frikadellen machen kann … das ist keine Belastung für mich, kannst du mir glauben. Nachher denkt sich's besser … Ja, stimmt, es ist schon dunkel, aber noch nicht spät. Die Frikadellen, dafür bin ich heute früh um acht aufgestanden und habe alles vorbereitet. Ja, das stimmt, die Zeit vergeht. Wird ungefähr sechs sein? Ich weiß es nicht. Soll ich dir noch ein paar herausbacken? Ja? … Aaah, jetzt freue ich mich aber, weil zuerst, da hab ich gemeint, du bist ein wenig asthenisch. Ja, weißt ja, wie die Astheniker so sind. Ich kann sie nicht ausstehen. Immer fasten, weil sie sagen: Wir Astheniker, wir sind frei. Iß nur, wenn du Phantasie haben willst! Die Astheniker sind innerlich hohl, Schwächlinge. Möchtest du ein wenig Brot ins Fett eintauchen? Laß es ein wenig drin, dann wirds gebacken. Während du auf die Frikadellen wartest, kannst du das herausgebackene Brot genießen und sitzt nicht mit leerem Magen da. Gut, ja? Auch dies hier ist ein gutes Schweinefett. Trink etwas danach, denn die Frikadellen sind fertig. Ja, ja, es ist halb acht, ich hab's gesehen; gib mir deinen Teller, jetzt ist es Zeit zum Abendessen! Jetzt setze ich mich auch, und wir essen zu Abend, hier im Schulzimmer. Dann mach ich dir ein Päckchen mit Frikadellen, für morgen, dann kannst du auf der Maschine schreiben, mit Phantasie schreiben und fühlst dich nicht innerlich hohl, das wäre negativ. Behalte sie in der Nähe. Glaub an die Frikadellen, denn ich kenne sie, und dies ist mein Unterricht.

15. Beim Lotto in die Schule

Ein armer, schlecht angezogener Schriftsteller hoffte, im Lotto zu gewinnen, und verfluchte sein Geschick. »Widerliches Leben«, sagte er, »würde ich gewinnen, dann würde ich niemanden mehr verfluchen.« Dann gewann er viel und tatsächlich verfluchte er von dem Moment an niemanden mehr. »Du hast Glück, das muß man sagen«, bekam er zu hören, »aber das Glück kann auch widerlich sein.« Als Schriftstller taugte er überhaupt nichts mehr. Auch vorher hatte er nichts getaugt. Aber ein Schriftsteller, so ließen sich seine Kollegen hören, ist dazu da, das Geschick zu verfluchen, Kälte, Schulden, eine unsichere Zukunft, Obdachlosigkeit, die Nachwehen einer Tuberkulose zu erdulden. Das verlangt die Literaturgeschichte. Und sollte es je geschehen, daß ein Schriftsteller beim Spiel oder im Lotto gewinnt, dann muß er das ganze Geld mit seinen Schriftstellerkollegen verprassen. So geht man in die Literaturgeschichte ein; dort wird es dann heißen, daß der Schriftsteller Soundso nach wiederholten Gewinnen im Spiel sich selbst zugrunde richtete und viele andere sehr talentierte Schriftsteller mit ins Verderben riß, weil er mit ihnen seinen Gewinn brüderlich teilte und mit ihnen der Schlemmerei, dem Weingenuß, den Frauen und dem Tabak frönte. Wofür sollte er sich entscheiden, für die Literatur oder den Geiz? Der Schriftsteller, der Glück gehabt hatte, überlegte eine Weile und entschied sich, auf die Stimme der Inspiration hörend, für die Literatur.

Sogleich bildete sich um ihn eine Abendgesellschaft, die auf seine Kosten lebte und der sich nach und nach noch andere anschlossen, so daß sich die Abendgesellschaft in eine Bewegung verwandelte, und im Mittelpunkt der Bewegung stand der Schriftsteller, der Glück gehabt hatte. Aus den anfänglichen fünf wurden bald fünfzig, dann hundert, dann hundertfünfzig. Es war eine Zeit, in der viele Schriftsteller hervorsprossen, und auch wer keiner war, spürte plötzlich eine Berufung und begab sich zum Gründer der Bewegung und bat um einen Kredit, er durfte auch klein und informell sein. Der Gründer gewährte ihn vor

Freude, seinen Gewinn mit neuen Mitgliedern der Bewegung teilen zu können. Also standen hundertfünfzig Schriftsteller immer vor dem Haus des Gründers oder in der näheren Umgebung. Wenn er aus dem Haus kam, klatschten sie Beifall, lobten ihn lauthals, riefen »es lebe die Literaturgeschichte« und begleiteten ihn überallhin. Sie hatten keinen festen Wohnsitz, denn sie lebten lieber in Freiheit nur der Literatur; außerdem liebten sie es nicht, sich zu parfümieren, zu waschen oder die Kleider zu wechseln. Es konnte unter ihnen zu kleinen Neidausbrüchen kommen: sie stritten sich gelegentlich um einen Schuh, einen schon getragenen Mantel, einen Unterschlupf in einem Karton; aber wenn der Gründer der Bewegung vorbeiging, bildeten sie eine begeisterte, einige Schar, die sich um ihn drängte. Der Schriftsteller ließ ihnen Wein reichen, teilte Zigaretten aus, so daß alle rauchten und höchst lustig waren, mit den Gläsern anstießen und schrieen, kleine Trommeln schlugen, Chöre anstimmten, wie bei den berühmten Orgien, die zu den Biographien der weltberühmten Schriftsteller gehören. Manche tranken zuviel und schwankten, aber das Schwanken ist keine Neuheit in der Literaturgeschichte; es ist eigentlich ein Zeichen dafür, daß man alle Bedenken hinter sich gelassen hat und Leben wie Kunst bis auf den Grund ausschöpft. Auch Hunde mischten sich häufig unter die Schriftsteller, eher Bastarde oder welche von ungeklärter Rasse, die ihrerseits auch den Gründer feierten und zum Zeichen ihrer Hochschätzung anbellten; und die Schriftsteller behandelten sie wie ihresgleichen, teilten mit ihnen das Brot, die Suppe und die Lagerstätte, und wenn sie hätten schreiben können, wären sie in jeder Hinsicht Schriftsteller gewesen. Indessen gehörten sie wenigstens zur Bewegung als erwünschte Gäste oder Philosophen, die zufällig Tiergestalt hatten.

In kurzer Zeit war, um die Wahrheit zu sagen, das Geld des Lottogewinns aufgebraucht; der Schriftsteller wurde wieder arm. Da verließ er seine Hütte und zog in eine Mülltonne um, wo er außer einem Dach über dem Kopf auch seine Nahrung fand. Er teilte die Mülltonne mit einigen anderen Schriftstellern oder sie wechselten sich ab, wobei sie als Heizkörper einen Hund verwendeten.

Die Bewegung überlebte ihn und besteht noch heute. Gewiß wird sie eine Spur in der Literaturgeschichte hinterlassen, obwohl es noch zu früh ist, um das zu sagen und dem Schriftsteller die Rolle als Gründer der Bewegung zuzuschreiben. Allerdings hat diese Bewegung kein großes Gedächtnis für sich selbst, liebt es nicht, sich selbst zu feiern, gibt fast nie Interviews, und wenn, dann sind sie verdorben oder erschwert von zuviel Bier oder zuviel Wein; schließlich neigt die Bewegung dazu, in ihrer Theorie den Begriff des Autors abzulehnen. Somit weiß auch niemand mehr, wie der Gründer geheißen hat.

16. Riesiger Engel

Der Erzengel Michael erschien einem Schriftsteller eines Nachts um zwei Uhr zwanzig. Als der Schriftsteller sein Wohnzimmer betrat, war er schon da und saß in einem Sessel.

Schon bevor der Schriftsteller sein Wohnzimmer betrat, wußte er, er würde dort etwas sehen, als hätte er ein Geräusch oder einen Seufzer gehört; doch hatte er nichts dergleichen gehört. Er war aufgewacht und hatte Licht gemacht; dann hatte er sich im Bett aufgesetzt. Es herrschte eine Stille, wie er noch nie eine gehört hatte. Er hatte seine Füße auf den Boden gestellt und noch ein wenig gelauscht. Dann hatte er seinen Morgenrock genommen und das Licht im Gang eingeschaltet, um im Wohnzimmer nachzusehen, obwohl niemand hereingekommen sein konnte, außer er hätte die Tür aus den Angeln gehoben und einen Heidenlärm gemacht. Er schaute sofort auf den Sessel, ohne jeglichen Grund, und der Erzengel Michael saß tatsächlich drin. Er hätte eigentlich Angst haben müssen, denn es war ein Fremder und er war auf irgendeine ungehörige Weise hereingekommen. Doch hatte er keine Angst, und ohne die Halogenlampe anzumachen, sah er sofort, daß er sehr dick war, viel dicker als jeder normale Mensch; und offensichtlich litt er unter der Schwerkraft. Er schien nicht an sein Gewicht gewohnt zu sein. Auch der Sessel war zusammengedrückt. Er dachte an ein Nilpferd, das in den Schlamm gefallen war. Das genaue Gegenteil von Fliegen und Federn. Da der Schriftsteller nichts zu sagen hatte, war er bei der Tür stehengeblieben, aber auch aus Ehrerbietung. Das Haar des Erzengels schien einmal blöndlich gewesen zu sein, aber es war schwer zu sagen. Dann war er näher hingegangen, falls er hätte sprechen wollen. Aber der Engel schien sprachlos zu sein und sein Kopf fiel ihm vornüber. Der Schriftsteller sah, daß das Fenster nicht geschlossen war und schloß es. In dem Moment fiel der Kopf noch weiter vornüber, und auch der ganze Rumpf neigte sich nach vorn. Vielleicht wollte er sich hinlegen. Der Schriftsteller versuchte ihm zu helfen, aber er kam ihm sehr schwer vor und ohne eine Muskulatur, die mitgeholfen hätte. Der Sessel rutschte nach hinten weg, und der ganze Erzengel glitt mit einem Beben des Bodens hinunter. In der Wohnung unter ihm wurde die Stimme der Familie Zauber laut. Auf dem Boden streckte sich der Erzengel wieder aus, wie etwas Aufgedunsenes, das dazu neigt, sich noch weiter auszubreiten. Er lag praktisch quer durch das ganze Wohnzimmer, in dem sehr wenige Möbel standen. Vom Fleck zu bewegen war er kaum, nicht einmal der Arm, der die Tür versperrte. Er trug einen roten, abgenutzten Kirchenmorgenrock, innen angerauht, darunter zwei pralle große Pfoten ohne eine Spur von Knie, und ein Mäntelchen mit Spitzensaum. Der Schriftsteller bekam Angst um die Statik des Hauses und der Balken. Und einen Stock tiefer wohnte diese Familie von Streithanseln und Pedanten, die alle auf den Plafond fixiert waren. Dann mußte der Erzengel Michael wohl gestorben sein, denn man sah, daß er nicht atmete und statisch blieb. Der Schriftsteller ging wieder in sein Bett. Aber am Morgen war der Engel immer noch da, noch aufgedunsener. Vor allem seine Haare waren unnatürlich, wie ein Radiergummi an einem Bleistift, der ein wenig zerbröselt. Um ihn von der Stelle zu bewegen, hätte man zumindest eine Mauer einreißen müssen. Das würden die Leute im Haus nicht wollen und man würde ihm kündigen. Und die von unten, die Zaubers, würden ihn wegen Ruhestörung anzeigen, wie sie schon Herrn Flutter, Industriesachverständigen, angezeigt hatten, den man – wie sie sagten – die ganze Nacht Abfallsäcke durchs Treppenhaus schleppen hörte. Oder wie sie den Sacchetti, den Lehrer, verwarnt hatten, weil man ihn, seitdem ihm seine Frau davongelaufen war, nachts reden hörte, aber nicht mit seiner Stimme, nach ihrer Meinung. Außerdem konnte der Erzengel Gas ausströmen. Herr Polani hatte eine Strafe bezahlt, weil er Gasflaschen in der Wohnung hatte, die wer weiß wo versteckt waren; wahrscheinlich waren sie nicht dicht, und so hatte sich auch seine Frau nicht mehr bei ihm zu wohnen getraut; sie wohnte jetzt in einer anderen Stadt, selbst Herr Polani wußte nicht, in welcher.

An den folgenden Tagen fand der Schriftsteller morgens eine Wasserlache unter dem Erzengel vor, die aber wie Eiweiß war und nach schmutzigem Spülwasser roch. Er nahm sie mit einer Kehrichtschaufel weg und ließ sie in einen Eimer laufen. Das Zeug war ganz schleimig und der Eimer unsagbar schwer. Anfangs leerte er ihn in der Klärgrube im Keller aus, zwei- dreimal in der Nacht, oft auch viermal. Dann hatten ihm die Zaubers zu verstehen gegeben, daß sie ihn hörten. »Waren Sie das heute Nacht, der zwischen vier und halb fünf in den Keller gegangen ist?« Dann hatte er angefangen, diese glutinöse und immer faserige Substanz ins Waschbecken zu schütten; er schüttete sie ganz langsam hinein wie einen Speichelfaden und ließ reichlich heißes Wasser dazu aus dem Wasserhahn laufen. Und die von unten, die Zaubers, beschwerten sich, weil man die ganze Nacht das Wasser rauschen hörte. »Da ist jemand im Haus, der wäscht sich die ganze Nacht. Sind Sie das, Herr Doktor?« »Nein, bin ich nicht«, antwortete er, »das werden die Piscators sein.« Diese gewissenhafte Entleerungsarbeit dauerte vier Monate, bis der Engel nur noch eine faltige Haut war, die am Boden und an den Kleidern klebte; die schnürte er zu einem Bündel zusammen, das er unter den größten Mühen zu den Abfalltonnen eines weit entfernten Hauses trug. Da fragten ihn die Zaubers vom unteren Stock, wo eigentlich seine Frau hingegangen wäre. »Meine Frau?« dachte der Schriftsteller. Die Frage war merkwürdig, denn er war Junggeselle.

17. Beschimpfungen

Die Schriftsteller hassen einander grundsätzlich, aber sie können nicht voneinander lassen. Man sieht sie sogar untergehakt miteinander gehen, wie unzertrennliche Freunde. Aber sie hassen sich. Man sieht sie im Café beieinander sitzen; sie erscheinen gut gelaunt, aber sie sinnen auf gegenseitige Zerstörung und Vernichtung.

Ein Schriftsteller ging eines Tages in ein Café und, als

er seine Kollegen sah, dachte er: »Tot umfallen sollen sie«, aber er winkte ihnen zu, um zu sagen: »Gute Gesundheit euch allen, Freunde.« Und die anderen rückten zusammen, um ihm Platz zu machen, und blinzelten, als wollten sie sagen: »Willkommen unter uns!«, aber sie dachten: »Was hat denn der hier verloren? Was will der?« oder: »Die Nervensäge! Wie gehabt, die Nervensäge.« So setzte er sich mit einem Gesichtsausdruck zu ihnen, als wäre ihm ihre Gesellschaft höchst angenehm und als wären sie ihm alle sehr lieb, insbesondere die zu seinen beiden Seiten, denen er kameradschaftlich die Arme um die Schultern legte, während er aber dachte: »Verdammte Schriftsteller, Nichtstuer und Trunkenbolde.« Die anderen dachten ihrerseits: »Der hat uns gerade noch gefehlt! Den soll der Henker holen!« Während die beiden, die ihm so freundlich Platz gemacht hatten, bei sich dachten: »Den hat doch keiner gewollt! Mit seinem Arschgesicht! Der zieht das Unglück an.« Aber sie schenkten ihm freudig und leutselig zu trinken ein, als wollten sie zu ihm sagen: »Trinken wir auf die ewige Freundschaft, auf unsere Ideale der Offenherzigkeit und der Kunst.« Während sie in Wirklichkeit dachten: »Ertränken würd ich dich am liebsten, du Bastard!« Und die anderen am Tisch, die ihre Gläser zu ihm hoben, dachten: »Versager! ... Afterschriftsteller ... bleib zu Hause, zieh dich zurück, häng dich auf!« oder: »Verrecken sollst du, Rindvieh!« oder auch: »Den Schädel müßte man dir einschlagen, dir und deinem Geschreibsel!« und sogar: »Papierbeschmierer ... Schreiberling ... Afterdichter ... Analphabet.« Natürlich hatte sich der Schriftsteller, der gerade angekommen war, mit euphorischem Gesichtsausdruck und expansivem Gehabe erhoben, aber eigentlich hätte er sagen wollen: »Das ist ein Verein von Volldeppen; an diesem Tisch sitzen lauter Angeber, Scheinheilige, Schmierfinken, Nieten, Abschreiber.« Im selben Augenblick hoben seine Kollegen ihre Gläser zum Zeichen des Jubels: »Die Zunge soll dir zerspringen, Scheißkerl. Krepieren sollst du, du Arschloch.« Nein, das sagten sie nicht, aber das lag allen auf der Zunge.

Darauf folgten die üblichen intellektualistischen Unterhaltungen über die Buchhändler und die Bücher, den Satzbau und die Druckfehler, über die Freiheit und die Freiheit in der Interpunktion; aber sobald einer eine Olive aß, dachte ein anderer: »Ersticken sollst du dran!« Sobald einer eine Sardelle aß: »Die soll dir im Hals stecken bleiben!«

Dann wurde angestoßen, und es folgten die typischen guten Wünsche: »Schieß dir eine Kugel durch den Kopf ... renn dir die Stirn ein ... hängt euch doch alle auf!« Darauf noch andere: »Armer Irrer ... Rindvieh ... Aasgeier; Kanaillen ... Ganoven ... Faschisten.« Beim dritten Umtrunk hatten sich die Beschimpfungen ein wenig abgeschwächt; manche Schriftsteller dachten: »Ihr seid Blödmänner ... Nervensägen; die üblichen Hosenscheißer, fragwürdige Typen, aber zum Aushalten.« Beim vierten Umtrunk war aber keiner mehr dabei, dem solche Gedanken kamen. Sie scherzten miteinander, bewarfen sich mit Olivenkernen, Zahnstochern und brennenden Streichhölzern. Einer empfahl einen fünften Umtrunk, ein anderer machte die Mambo-Schritte vor, die meisten machten Musik mit den Gläsern, den Korken, dem Stanniolpapier, so daß ihr Lärm und ihre gute Laune dem ganzen Café auf die Nerven ging; insbesondere dem Besitzer, der sie jeden Tag gegen vier Uhr ankommen sah, zuerst nachdenklich, ein wenig geizig und steif, dann lärmend wie ein Kindergarten.

Schließlich gingen die Schriftsteller auf die Straße, untergehakt, wie sie gekommen waren; nur mit dem Unterschied, daß sie jetzt einander aus ehrlicher gegenseitiger Achtung unterhakten; und wenn sie einander vergnügt auf die Schultern klopften, dann geschah es, weil sie einander aus ganzem Herzen einen schönen Abend wünschten und Erfolg, Gesundheit und Wohlergehen dazu.

Ein Literaturexperte, der in der Nähe Posten bezogen hätte, würde keinen Unterschied bemerken an den Schriftstellern vor und nach der Sitzung im Café, weil es keinen Unterschied zu sehen gibt. Doch trotzdem ist der Unterschied tief, wie alle Schriftsteller wissen. Der Experte steht zum Beispiel lieber in einigem Abstand versteckt oder verkleidet; wenn er nämlich unter die versammelten Schriftsteller geriete, würde er ausgelacht und sogar beleidigt »du kannst uns mal, du und deine Sippschaft«; bei manchen turbulenten Sitzungen würde er verprügelt, ohne Hose auf eine Kerze gesetzt und dann hinausgeworfen, wie man nicht einmal den Mist hinauswirft.

Der Experte wird das nie verstehen, aber das alles heißt, daß ihn die Schriftsteller gern mögen.

18. Masoch

Ein Schriftsteller ungarischer Herkunft wollte Masochist werden, nachdem er das Buch von Leopold von Sacher-Masoch über diese sexuelle Perversion gelesen hatte. Da ließ er sich von einem mit ihm befreundeten Schriftsteller den Hintern peitschen, der machte es zwar, aber aus reiner Freundschaft und ohne wahre innere Beteiligung. Und er hatte tatsächlich eine schwache Hand, so daß seine Peitschenschläge eher symbolisch zu nennen waren.

»Du mußt stärker peitschen«, sagte der ungarische Schriftsteller zu ihm, »denn ich verstehe noch nicht, was Masochismus ist.« Der zweite Schriftsteller war dagegen, daß einer mit nacktem Hintern herumging. Worauf der erste Schriftsteller sagte, man könne doch einen ursprünglichen Ausdruck der Literatur nicht ablehnen. »Du lehnst Masoch ab?« fragte er mit einer gewissen Heftigkeit. »Ich weiß es nicht«, antwortete der andere mit seiner angeborenen empfindsamen Schwäche (er war nämlich ein empfindsamer Schriftsteller). »Der Hintern ist etwas Privates. Ich kann das zugeben. Aber du brüstest dich damit.« »Was soll denn das heißen? Ich brüste mich damit, ich lasse ihn doch peitschen?« antwortete der andere und erhob sich, immer wütender wegen solcher Worte, nannte ihn brüllend und ohne Umschweife einen Moralisten, Betbruder, Pfaffen. Dann griff er zur Peitsche, riß ihm mit einem Ruck die Hose hinunter, brüllte »jetzt will ich's dir zeigen!«, und indem er ihn, einen Fuß auf seinen Nacken gestemmt, bäuchlings zu liegen zwang, begann er ihn zu peitschen, so stark er konnte: »So, hast du verstanden, so!« Während der andere jammerte »hab schon verstanden, hab schon verstanden«; aber da er ein empfindsamer Schwächling war, jammerte er leise und rief ihn beim Namen und murmelte bei jedem Schlag »du hast ja recht«.

Dann fing das Ganze noch einmal von vorne an. »Peitsche mich!« Widerwillig versuchte der zweite Schriftsteller zu peitschen. »Du kannst es nicht.« »Das kommt daher, daß ich deinen Hintern nicht sehen kann. Der ist so knochig.« »Was soll denn das heißen?« »Er ist so knochig und öffentlich, da wird mir bange.« »Was sagst du da?« schrie der andere, der schon diese Worte nicht aushalten konnte. »Du bist noch feucht hinter den Ohren, ein kleiner Schreiberling; ich kann mich nicht mehr zurückhalten, muß dir eine neue Lektion erteilen.« Und er packte erneut die Peitsche, warf den zweiten Schriftsteller zu Boden und peitschte ihn eine Viertelstunde lang verbissen, weil er dachte, er habe ihn noch nicht genügend überzeugt.

Es muß gesagt werden, daß der erste Schriftsteller einen ledernen Hintern hatte, wie alle ungarischen Schriftsteller, die gewöhnt sind, durch die Pußta zu reiten. Während der zweite weich und weiß war wie ein Bäcker und die Peitsche bei ihm rote und violette Streifen hinterließ, wie es in den Büchern von Sacher-Masoch vorgeschrieben ist. Am Tag darauf war der ungarische Schriftsteller wieder nervös. »Ruf einen von deinesgleichen«, sagte er zu dem anderen Schriftsteller, »aber einen, der mich nicht schont; ich muß der Frage Sacher-Masoch auf den Grund gehen.« Und es kam ein beinahe eben so schüchterner, jedoch postmoderner Kollege, der, als er aus der Ferne den gegerbten und bösen Hintern des Ungarn sah, so erschrak, daß ihm die Peitsche aus der Hand fiel. Da wurde er ohne Hose bäuchlings hingeworfen und ausgepeitscht. Der ungarische Schriftsteller schrie: »Affektierter Schreiberling«, und eine drauf, »zarter, feiner Schreiberling«, und so ging es weiter zehn Minuten lang. Bis er wieder zu sich kam, da sein Zorn verraucht war.

Das wurde ihm aber zur Gewohnheit (zu seiner Funktion, sagten viele); daß er mit seinem Assistenten dahin und dorthin ging, den oder jenen Schriftsteller zu peitschen, nachdem er ihm seinen Hintern vorgeführt hatte; und während er ihn peitschte, rief er ihn mit den Namen, die die Kritiker verwenden. »Kannibalischer Schreiberling«, sagte er zum Beipiel zu einem laschen Schreiberling, den er über einen Tisch gelegt hatte, »kleiner kannibalischer Schreiberling«, und in wenigen Minuten hatte der kannibalische Schriftsteller einen knallroten Hintern, der ihm wie Feuer brannte. »Au, au«, protestierte er, aber wie einer, der seinen Hintern schon für die Schande vorgesehen hat und deshalb schon seit einer Weile erwartet, daß ein Ungar oder etwas Ähnliches kommt. Um so mehr, als der Hintern für die Öffentlichkeit unsichtbar bleibt.

»Herr Minimalschreiber«, sagte er beispielsweise zu einem anderen, »da bin ich.« Der andere war sofort eingeschüchtert. »Jetzt die Hose runter!« »Aber was sagen Sie da?« rief zum Beispiel der minimalistische Schriftsteller. Und es geschah, was immer zu geschehen pflegte, mit einem winzigen oder gar keinem Widerstand von seiten des Minimalisten, der im Geist schon bäuchlings da lag.

Er hatte ein langes Verzeichnis von Schriftstellern: Schriftsteller jeglichen Alters, Schriftsteller des neuen Jahrtausends, wilde Schriftsteller und so weiter (wir wollen die Leser nicht allzusehr beleidigen). Mit der Peitsche in der Tasche ging er durch die Stadt und in die umliegenden Städte; er stellte sich vor wie ein Seifenverkäufer, aber mit den Worten: »Ich bin Ungar, ich bin die Abrechnung.« In ihrer Geistlosigkeit empfingen ihn die Schriftsteller regelmäßig, wie man, wenn er sich vorstellen würde, den Baron Leopold von Sacher-Masoch empfinge.

19. Bericht an den Allmächtigen

Ein aufstrebender Schriftsteller suchte einen Schriftsteller zu Hause auf und unterbreitete ihm seinen Fall: In der Nacht war er nach einem Traum plötzlich aufgewacht; er hatte geträumt, er sei gestorben und irre in der Welt umher. Aber niemand merkte, daß er schon tot war. Er mußte einen Bericht schreiben und bei Gott, dem Allmächtigen, abliefern, denn Gott, der Allmächtige, schickt hin und wieder einen Toten auf diese Erde, um zu erfahren, was hier los ist. Der aufstrebende Schriftsteller sagte, dieser Traum lasse ihn nicht mehr los.

»Was bedeutet das?«

»Das bedeutet«, antwortete der Schriftsteller, »daß du gestorben bist und für Gott, den Allmächtigen, einen Bericht schreiben mußt.«

»Woher wissen Sie denn das?«

»Ich bin der Erzengel Gabriel.«

Dem aufstrebenden Schriftsteller verschlug es fast die Sprache: »Das ist nicht Ihr Ernst.«

»Doch, das ist mein Ernst.«

Der aufstrebende Schriftsteller ging wieder nach Hause, dachte, er habe einen Verrückten aufgesucht und ging zu einem zweiten Schriftsteller, der ihm verriet, er sei der Evangelist Johannes, er solle es aber nicht weitersagen, sonst würden ihn alle für verrückt halten. Auch er dürfe nicht verraten, daß er tot sei: »Das würde Ihnen niemand glauben.« Dem aufstrebenden Schriftsteller war nicht klar, ob die Schriftsteller verrückt sind oder wirklich Tote auf Mission.

Er sah einen dritten, der schlief tagsüber und war nachts auf und hatte ein Gesicht wie ein Gespenst. »Ich bin schon seit fünfzehn Jahren tot«, sagte er, und sein Aussehen schien ihm recht zu geben.

Diese Begegnungen, sagte sich der aufstrebende Schriftsteller, will ich nicht vergessen. Und er notierte sie sich in ein kariertes Heftchen. Das Heftchen bestand aus federleichtem, fliegendem Seidenpapier, auf dem er sich auch manche Gespräche notierte, die er in Träumen mit Schatten geführt hatte, die aber wahr erschienen. »Wir sind das Volk der Toten«, hörte er sagen. Im Lauf eines Jahres, in dem er von Schriftsteller zu Schriftsteller gezogen war, um seine Träume zu verstehen, hatte er ein Memorandum geschrieben, wußte aber nicht, was er damit anfangen sollte. Da er ein aufstrebender Schriftsteller war, versuchte er es zu veröffentlichen, aber er erhielt zur Antwort, das sei weder ein Roman noch ein Essay und würde den Leser nur verwirren; und außerdem handle es von Toten.

»Was sollen denn die Toten einen Leser von heute angehen?« fragten sie ihn in den Verlagen. »Wenn Sie Schriftsteller werden wollen, müssen sie sich ein modernes

Thema wählen, nicht so etwas Nekrologisches und Geistesgestörtes.«

»Aber ich habe nicht gewählt«, antwortete der aufstrebende Schriftsteller. So wurde sein Memorandum nie gedruckt.

Ich habe es gelesen; es ist wie das Schreiben eines Ministerialinspektors, der dem Premierminister einen Bericht vorlegt. Im ersten Moment mag es einem gewöhnlichen Menschen langweilig erscheinen, aber es ist das Meisterwerk, das mir fehlte: Es macht lachen und weinen, es macht Mut und Angst, es tut Gutes und Schlechtes; man kann sagen, daß es eine Dummheit ist, aber ich sage, es ist eine unsterbliche Schrift. Jener aufstrebende Schriftsteller hatte es in einem Koffer auf dem Dachboden liegen, und Mäuse und Motten haben es aufgefressen. Aber ich weiß es auswendig Zeile für Zeile und kann es nicht mehr vergessen.

Ich interessiere mich im allgemeinen nicht für diese im Sonnensystem gelegene Erde, denn dort läuft alles so ab, wie es einmal festgelegt wurde. Manchmal aber möchte ich gern wissen, wie weit wir sind, ob die Toten immer noch zunehmen, ob sie Übervölkerungsprobleme haben und was mir ihre repräsentativsten Abgesandten sagen, nämlich der Erzengel Gabriel, der Evangelist Johannes, der Apostel Paulus, Beda Venerabilis, der Präsident Daniel Paul Schreber zum Beispiel. In dem Memorandum wird mir von ihnen berichtet, und ihnen zuzuhören bereitet mir ein unendliches Vergnügen.

20. Evelyn

Ein Schriftsteller versuchte zwei Tage lang eine Zeile zu schreiben, dann erklärte er: »Ich habe eine Krise.« Er ging aus dem Haus und machte einen Spaziergang, da mußte er weinen. Er traf einen Bekannten, auch Schriftsteller, der mit traurigem Gesicht und Ringen um die Augen spazierenging; er hatte ebenfalls eine Krise. »Da kann man nichts machen«, sagte dieser, »meine Krise dauert nun schon einen Monat.« Und er nahm ihn mit in ein Café, in dem die Schriftsteller zusammenkommen, die eine Krise haben. »Auch der Kellner ist ein Schriftsteller«, erklärte ihm der Bekannte, »er hat die Krise in seiner Jugend bekommen und sich nicht mehr erholt.« An den Tischen saßen Leute jeden Alters und jeden Geschlechts. Als sie eintraten, wurden sie von allen begrüßt. »Er hat seine Krise seit zwei Tagen«, sagte der Bekannte zu den anderen. »Ich habe ihn im Stadtpark getroffen.« »Ich habe meine Krise seit vierundzwanzig Jahren«, sagte ein Herr, um ihm Mut zu machen. »Da kann man nichts machen.« »Setzen sie sich zu uns«, sagten einige von einem Tisch. Der Schriftsteller setzte sich und sah, daß jeder eine Katze auf dem Schoß hatte. Eine Schriftstellerin, die an dem Tisch saß, sagte leise, indem sie näherrückte: »Ich bins, ich bin Evelyn. Ich habe dich sehr vermißt.« Der Schriftsteller mit der Krise schaute sie an und kannte sie nicht; aber sie war unglaublich schön. Da sagte er Evelyn einen so schamlosen Satz ins Ohr, daß sie rot wurde; und auch er wurde sofort rot; aber den Satz hatte er nun schon gesagt, gegen seinen Willen.

Der Bekannte hatte sich hinter ihn gesetzt und blies ihm auf den Hals. Dann sprach einer vom Tisch zu ihm. Es war eine rhetorische Willkommensansprache, aber so voller Spucke, daß alle lachten und sich hinter den Papierservietten verschanzten. Die Ansprache lautete: »Willkommen, sei willkommen, willkommen seien deine Kinder und die Kinder deiner Kinder ...«, und auf diese Weise ging es weiter, ohne irgendein Ziel. Wenn aber eine Spucke jemanden traf, dann brach ein solches Gelächter aus, daß einige sich vor

Lachen bogen, ihnen die Stirnadern anschwollen und die Tränen in die Augen traten. Der Schriftsteller lächelte ob all dieses Lachens; als dann auch ihn die Spucke traf und auch seinen Bekannten, der hinter ihm saß, da kam ihm das so lächerlich vor, daß er den Lachkrampf nicht mehr zurückhalten konnte, auch weil der Redner sehr weit von ihm entfernt saß, am anderen Ende eines langen Tisches, wo man ihn kaum sah. Doch hörte man: »Willkommen Freund, willkommen Verwandter, gepriesen seiest du samt allen deinen Kindern und den Kindern deiner Kinder …« Und inzwischen kam es zu einem Regen von Spucke, so daß der Schriftsteller sich zu Evelyn hinneigte und sie sich, beinahe vor Lachen umgekommen, hinter einer einzigen Papierserviette verschanzten. Dann streichelte der Schriftsteller die Katze, die auf Evelyns Schoß schlief und streichelte Evelyns Knie und Beine, während Evelyn die Serviette, als wäre es ein Schirm, offenhielt und immerzu lachte; man wußte nicht, ob wegen seiner Hand, die sie streichelte, oder wegen der anfliegenden Spucke. »Evelyn«, sagte der Schriftsteller leise, »ich hab dich nicht vergessen.« In dem Moment sprang ihm eine Katze auf den Schoß. Der Redner hatte geendet, also setzten sich alle wieder gesittet hin. Es schien, als würden sie sich eine Antwort des Schriftstellers erwarten, der eine Verbeugung in Richtung Tischende machte und mit der Hand winkte, als würde er sprechen. »Aber wer wird denn diese Evelyn sein«, dachte er dabei.

Draußen war es schon Nacht und alle Katzen schliefen. »Kommen Sie auch morgen«, sagte der Bekannte, der Schriftsteller war. »Haben Sie gesehen? Das war Ihr Platz.« Und er wies auf die zusammengerollte Katze, die sich nicht mehr vom Fleck rühren wollte. Der Schriftsteller, der eine Krise hatte, ging hinaus. Es war ein Viertel nach vier Uhr nachts.

Dann hatte er sich immer wieder vorgenommen, an diesen Ort zurückzukehren, sobald er wieder eine Krise hätte; aber bis jetzt hatte er keine Gelegenheit mehr dazu.

21. Klagen im Stall

Es gab eine Zeit, in der die Schriftsteller noch nicht schrieben, sondern ziellos durch die Lande und die Täler irrten. Einige waren lahm, andere waren blind, wieder andere waren der Ausschuß der Menschheit. Wenn es Abend wurde, kamen sie zufällig zu einem Heuboden oder womöglich in einen Stall und dort ließen sie ihrem Vorrat an Versen oder Prosa freien Lauf. Die Bauern betrachteten sie als Geschädigte, die jemanden suchten, bei dem sie über ihre Schädigungen klagen konnten. Und tatsächlich bestand die Literatur am Anfang aus Klagen und Anklagen des Lebens: weil der Schriftsteller zum Beispiel invalid oder verstümmelt war oder keine Liebe fand oder von zu Hause verjagt wurde, sein Anblick nicht erfreulich war oder weil er von den streunenden Hunden verfolgt wurde.

In jenen alten Zeiten erschien also der Schriftsteller in schiefer Haltung am späten Nachmittag oder bei Sonnenuntergang, und wenn ihn die Bauern daherkommen sahen, freuten sie sich schon. Der Schriftsteller war damals oft mürrisch, nicht besonders gesellig, nicht zu verwechseln mit den wehleidigen und honigsüßen Bettlern, die manchmal so taten, als wären sie Schriftsteller, aber in Wirklichkeit kein einziges wirkliches Unglück erlebt hatten. Einige Schönheitsfehler, einige fehlende Finger, aber vor allem Lust auf Geld, ohne etwas zu tun; dies war der Bettler, ein Schwindler!

Der Schriftsteller kam also langsam und staubbedeckt des Wegs und setzte sich vor dem Stall nieder, wo er eine

Suppe aß, wenn er eine bekam, entweder Polenta oder Brotsuppe, und schon da begann er leise zu klagen, zum Beispiel über die Tücken des Weges, einen Hund, der ihn in den Knochen gebissen hatte, eine Krücke, die von Dieben entwendet worden war. Es war eine ganz leichte Klage, zwischen zwei Löffeln Suppe, noch ohne pathetische Absichten, aber mit der Betonung der nackten Wahrheit. Sobald sich am nachtblauen Himmel die ersten Sterne entzündeten, jegliche Tagesarbeit aufhörte und sich ein zauberhafter Friede über das Land senkte, da begann der Schriftsteller mit umfassenderen Klagen, nicht nur über seine Wirbelsäule, sein Brustbein, seine rachitische Konstitution, die Geschlechtskrankheiten, den Ziegenfuß, die Forunkulose, die weiße Lepra, die spinale Kinderlähmung, die ausgefallenen Zähne, die Staupe, die Hüftverrenkung, den exanthemischen Typhus, der ihn peinigte, das Asthma und so weiter, während die Bauern aus den nahen und auch den ferneren Häusern zusammenkamen. Wenn der Abend sich über alles gesenkt hatte und man zum Beispiel die Düfte des Monats Mai roch und ein gut gekämmtes und gewaschenes Mädchen ihm die Weinflasche reichte, da dehnte der Schriftsteller, nachdem er einen Schluck genommen und die Süße des Mädchens gewittert hatte, seine Klagen auf das Schicksal und auf die biologische Natur aus; er sagte: Ach, wäre ich doch nie geboren! Was nützt denn das Leben? Was nützt der Sommer, die Wiesen und die geschlechtliche Fortpflanzung? Seine herzzerreißende Stimme klang wie eine Violine. Und dann dehnten sich seine Klagen immer weiter aus, während sich die Bauern im Kreis um ihn scharten; er klagte über die nutzlose Sonne, die bedeutungslosen Sterne, über die so karg im Kosmos verstreute Materie, über die verfallenden Moleküle, über das zweite Prinzip der Thermodynamik, über das Universum, das sich nun schon ziemlich nahe bei der absoluten Null befand, was er schon immer gemerkt hatte, auch als Kind; was nützt deshalb, so sagte er, selbst der Wein, das Heu, der Stall, das Säen und Ernten?

Die Bauern saßen still und schwiegen, ohne jedoch alles zu verstehen. Die Mädchen schlüpften nach einer Weile ins Dunkel zwischen den Bäumen und man hörte sie mit den Burschen wispern und kichern. Und da verstummte der Schriftsteller und verzog sich allein ins Heu.

Da bei den Bauern in der Folgezeit alles mechanisiert wurde und somit die Ställe sich in ungastliche, zootechnische Orte verwandelten, ebenso die Heuböden, geschah es, daß sich die echten Schriftsteller nicht mehr von den falschen Krüppeln und den Bettlern unterschieden. Doch einer, den dann andere nachahmten, begann sich, als ihm die Ställe und die Bauern fehlten, bei denen er sich früher ausgeweint hatte, auf dem Papier auszuweinen, wodurch er eine Untergattung von Schriftstellern mit einer ausschließlichen Schreibsucht schuf; diese kann man heute noch antreffen, immerfort bei künstlichem Licht zu Hause eingeschlossen, wo sie in kurzer Zeit die Gesundheit ihres Hirns einbüßen, egozentrisch und madenbleich werden: ohne Beweglichkeit, ohne Gefühlsleben, und vor allen Dingen Speichellecker, Kanaillen und Heuchler. Es heißt auch, die alten Zeiten habe es nie gegeben, nur in den ungesunden Schriften dieser Schriftsteller, und dasselbe gelte für die Ställe, die Heuböden und die Bauern.

III.
UNTERRICHT IM GEIZ

Sei still! Schweige! Die Wörter sind nicht zum Wegwerfen da. Verstanden? Setz dich! Schweige! Denn die Wörter, die mußt du dir aufbewahren, verstanden? Vor allem, wenn sie dir von selbst auf die Lippen kommen und du willst sie schon sagen, dann schweige. Schließe deinen Mund hermetisch und schweige. Verstanden? Schweigen: Das mußt du tun, wenn du nicht alles vergeuden und dem Wind schenken willst, wenn du dich nicht selbst zugrunde richten willst, bis du bettelarm bist, nichts mehr zu sagen hast, was dir persönlich gehört; wenn du nicht werden willst wie ein armer, schwachsinniger Alter in der Wüste, der durch sein Geschwätz alles ausgegeben hat, was er hatte, und nun steht er in Pantoffeln da und der Atem geht ihm schon aus. Verstanden? Auf jeden Fall sage ich jetzt nichts mehr, denn ich habe schon zuviel geredet, für dich ist es mehr als genug. Der Unterricht geht jetzt so weiter: Ich schweige und du schweigst auch; und dann bleibt am Ende von allem, was wir nicht sagen, vielleicht etwas auf der hohen Kante, vielleicht etwas zu sagen übrig. Vielleicht! Jetzt brauchst nur noch du zu schweigen. Du warst gerade dabei, mir etwas zu sagen, ich hab's gesehen. Denk nur nicht, daß ich's nicht verstehe! Ich verstehe es und sage: Schweige! Halt den Mund! Bewahre dir alles auf, was du sagen wolltest, leg es auf die hohe Kante, dann lan-

dest du nicht nackt in der Gosse, wie ein gedörrter Fisch, wie ein eingesalzener Stockfisch. Du siehst ja, daß ich auch kaum rede; und sowie das Unerläßliche gesagt ist, wird hier eine vollkommene Stille herrschen. Ssst! Wenn du aber zufällig daherschwatzen willst, dann kannst du dich hinausbequemen. Draußen, da sind die Schwätzer von deiner Art, die ihren Tag mit Geschwätz verbringen, und wenn der Tag vorbei ist, weißt du, was ihnen dann bleibt? Weißt du's? Nichts, gar nichts bleibt ihnen. Wenn der Tag vorbei ist, haben sie weniger als zuvor. Und nach einer durchschwätzten Woche haben sie noch weniger. Verstanden? Sei still! Einen Monat später jammern sie nur noch, sie hätten gar nichts mehr, und je mehr sie schwätzen, um so mehr verarmen sie an Geist und Ideen, bis sie den letzten Rest all ihrer Wörter aufgebraucht haben: auch die Wörter, die sie sonst im Mund behalten wie hineingenäht, auch die Wörter, die sie für die besonderen Gelegenheiten aufgehoben hatten. Indem sie immer daherschwätzen, ohne sich was zu denken, ziehen sie auch diese Wörter, ihre besonderen Wörter hervor und verbrauchen sie; und wofür? Für nichts! Sie werfen auch diese zum Haufen, wo schon die anderen alle liegen. Und dann, was meinst du? Dann geht jeder Schwätzer nach Hause und dort hockt er leer und enteignet. Und wenn du ein Schwätzer bist, dann bitte bequeme dich hinaus, dann ist nämlich der Unterricht schon zu Ende. Du bist keiner? Dann schweige, sei still, denn du wolltest gerade schon eine kleine Rede, eine Art Vorrede anfangen. Das sehe ich daran, daß dich die Zunge im Mund kitzelt, daß es dir ein Wort auf die Lippen drängt. Ja, siehst du? Jetzt möchtest du schon sagen: Nein, nein, ich schwätze doch nicht! Aber das ist eben schon ein Geschwätz, ist schon ein Gezänk, weil man sieht, daß dir das Zanken Spaß macht, oder? Man sieht, daß sich auf einmal deine Redeweise nach vorne drängt, denn ich kenne euch Schwätzer genau, der Schwätzer scheint zu schweigen, aber er wartet, der Schwätzer lauert und wartet, bis er drankommt, und dann fängt er an daherzureden, er kann sogar länger als eine Stunde schweigen, während die anderen reden, er kann einen Nachmittag lang stumm ausharren, aber sein Mund verrät ihn, und in deinem Mund gärt es schon eine Zeitlang. Siehst du? Siehst du, daß du schon sagst: Nein! Zu denen gehöre ich nicht! Ich gehöre nicht zu der Kategorie von Leuten, die immer reden und reden und nochmal reden. Das hättest du doch beinahe gesagt? Wenn ich dich nämlich nicht aufhalten würde, dann würdest du mir zwei Tage hintereinander darlegen, daß du kein Schwätzer bist, daß du von den Schwätzern nicht einmal reden hören willst, daß dich das Geschwätz nicht interessiert, und sie dich von Kindesbeinen an nicht interessiert haben und so weiter und so fort. Aber das, mein Lieber, das ist Geschwätz, also bitte! Du kannst dich hinausbequemen, dein Geschwätz auf der Müllhalde loslassen, mach dir Luft, wirf alles weg, wie die anderen, verschwende, treibe Konversation! Los! Denn ich lehre hier, wie man sich ein Kapital anlegt. Verstanden? Ein Kapital! Aber vor allem, sei still! Schweige! Denn sonst werden die Wörter in deinem Mund inflationär und dann sind sie nichts mehr wert; dann sind sie nichts als gesottene Luft, Lumpen. Ich aber sage dir: Schweige! Je mehr du schweigst, um so mehr häufst du an. Aber niemand darf es wissen! Daß sie dich für einen Deppen halten, gut, laß sie reden; für stumm, gut; für einen, der nichts Eigenes zu sagen hat, gut! Sogar noch besser! Und in der Zwischenzeit häufst du an, verstanden? Die anderen werfen die Wörter weg wie leere Blechbüchsen, aber du legst sie auf die hohe Kante, läßt sie liegen. Verwendest sie nicht. Und in kurzer Zeit wachsen sie an zu einem Kapital, das du aber nicht ausgeben darfst, verstanden? Nicht ausgeben! Geizig mußt du sein! Geizig und wie zugenäht! Die anderen mögen glänzen, die anderen mögen in die Debatten eingreifen, interferieren, debattieren; du hebst alles auf, was verbraucht wird, was ungeheuer viel ist und sich in Nichts auflösen würde. Denn die Wörter haben keine lange Dauer, einmal ausgesprochen, schmelzen sie, vertrocknen sie, binnen kurzem bedeuten sie nichts mehr, sind wie der Staub – verstanden? – der keine Bedeutung hat. Aber du kapitalisierst, und nach einiger Zeit wirst du in der Stille etwas aufgebaut haben, und du kannst es wohlgefällig ansehen; du kannst es zum Beispiel auf Papier übertragen und dann in der Stille vergrößern. Du liest auf, was niemandem gehört, das ganze nutzlose Gerede, das Gequatsche, das dumme Zeug, das Guten Tag, wie gehts? Danke gut, und Ihnen? Wie geht's zu Hause? Allen gut, danke, was ich auch von euch hoffe. Danke. Keine Ursache. Auf Wiedersehen. Der Unterricht ist zu Ende. Verstanden? Der Unterricht ist zu Ende. Jetzt nimm mich Huckepack, ich habe mehr Wörter ausgegeben als sonst in einem Monat. Ja, Huckepack, du sollst mich tragen; denn ich muß wenigstens meine Beine schonen. Ja, komm her, laß mich aufsteigen. Sei still! Mach dich ein wenig kleiner, ich will mich nicht anstrengen. Noch kleiner. Ja, so ist es gut und bequem. Warte, ich will nicht wieder hinunterrutschen. Warte, ich muß mich besser festhalten. Gut, jetzt kannst du gehen; geh nur, ich sag dir wohin. Mach die Tür auf, wir gehen hinaus. Dann sage ich dir den Weg. Es sind ungefähr drei Kilometer bis zu mir nach Hause. Alles in der Ebene. Sei aber still, denn so bleibt dir was davon, und du schaffst dir ein Kapital; und ich spare mir den Straßenbahnfahrschein.

22. Am Meer

Am Meer spielten zwei Schriftsteller mit ihren Eimerchen im Sand. Ein dritter Schriftsteller grub in der Nähe ein Loch mit einer kleinen Schaufel, und ein vierter stand bis zum Knie im Wasser und sah zu, wie sich das Meer kräuselte. In der Ferne, wo der Sand aufhörte, leckte ein fünfter Schriftsteller an einem Eis.

»Es ist Zeit zum Schreiben«, rief schließlich die Sozialhelferin, wozu sie lustig ein Glöckchen ertönen ließ. Darauf erhoben sich alle voll Freude. Einige, die noch mit dem Rettungsring im Meer waren, kamen ans Ufer; und so auch diejenigen, die zwischen den Klippen den Algen zusahen.

»Habt ihr eure Beobachtungen gemacht?« fragte die Sozialhelferin.

»Ja«, antworteten die Schriftsteller im Chor. »Ich auch«, sagte verspätet ein kleinerer Schriftsteller, der noch ganz naß war, und zeigte ein Steinchen vor. Darauf lachten alle, und auch der kleinere Schriftsteller lachte.

»Fräulein«, sagte ein Schriftsteller mit Brille, »ich habe ein Loch gegraben und habe es beobachtet.«

»Ich habe Michele beobachtet.«

»Ich Giulio.«

»Ich habe die Fische gefüttert.«

»Fräulein, meine Badehose ist naß.«

Mancher sprang spielend auf einem Bein, mancher hielt seinen besten Freund an der Hand. Dann gingen sie ins Haus.

»Anziehen!« sagte die Sozialhelferin, »man schreibt nicht unangezogen.«

Einer zog sich seine Jacke über, andere blieben hemdsärmelig oder kurzärmelig, je nach Abstammung und Alter. Dann schrieben alle. Man hörte keine Fliege summen. Die Sozialhelferin konnte sie allein lassen. Jeder hatte seinen Lieblingswinkel: in der Nähe einer Lichtquelle oder im Stehen oder auf einem Küchenstuhl oder mit Stöpseln in den Ohren oder indem er zum Fenster hinaussah oder Schulter an Schulter mit einem anderen: Keiner schrieb ab, keiner kritzelte Männchen oder war widerwillig oder zerstreut.

»Fräulein, kann ich sagen, daß das Meer riesengroß ist?«

»Fräulein, kann ich sagen, daß Sommer ist?«

Es gab keine autoritären Programme: denn es handelte sich um das berühmte Heim des Schriftstellervereins am Meer; dorthin gingen die Schriftsteller, wenn sie allein waren, aber es war ein Beispiel eines modernen aufgeklärten Heims, sehr erstrebt von vielen. Nicht wie viele andere Heime, wo Ohrfeigen an der Tagesordnung waren, oder wie manche Schulen, wo noch Schlimmeres an der Tagesordnung war. Aber das gehört nicht hierher.

Gegen Abend wurden die Blätter eingesammelt.

»Schreibt euren Namen drauf«, sagte die Sozialhelferin, »und das Datum.«

Die Blätter wurden in einen Plastikordner gelegt und lagen dann übereinander auf einem Schrank. Am nächsten Tag dachte niemand mehr daran; man ging wieder ans Meer, und es steht nirgends, daß bis jetzt jemand daran gedacht hätte.

23. Schriftsteller, die nicht zählen

Ein etwas überdrehter Schriftsteller fürchtete, er zähle nicht genug; und so blieb er zu Hause, finster und verschrumpelt wie ein Apfel im Winter. »Geh doch mal raus, mach einen Spaziergang«, sagte ein Schriftstellerkollege am Telefon. »Ich zähle nicht genug«, antwortete er, »wenn ich mich sehen lasse, denken die Leute: Für wen hält der sich eigentlich?« »Aber gestern war zum Beispiel der Schriftsteller X Y unterwegs«, sagte der Kollege. »Ja, eben«, erwiderte er, »wer weiß, für wen der sich hält? Der hält sich für Dante Alighieri oder vielleicht für Ugo Foscolo. Aber er würde besser daran tun, zu Hause zu bleiben und sich zu schämen.«

Der Schriftsteller, der nicht aus dem Haus ging, wollte, daß auch seine Frau zu Hause blieb, denn sonst sähe es aus, als wäre sie unterwegs, um sich als Schriftstellergattin zu brüsten. »Aber ich bin doch zum Einkaufen unterwegs«, sagte die Frau. »Nein«, antwortete er, »die Leute meinen, daß ich dich schicke. Wie Manzoni, der schickte auch immer seine Frau.« Und nicht einmal die Tochter durfte aus dem Haus gehen. »Aber Papa«, sagte die Tochter, »ich kann doch nichts dafür.« »Nur ich kann was dafür, weil ich dich gemacht habe. Wenn man nicht genug zählt, dann setzt man keine Kinder in die Welt. Der Dichter Leopardi zählte nicht genug und daher hatte er keine Kinder.« Also blieb die gesamte Familie zu Hause, während der Vater und Ehemann sich nicht bescheiden konnte, daß er nicht genug zählte.

Gleichzeitig geschah es, daß ein anderer Schriftsteller, der nun auch auf die Idee kam, ungefähr null zu zählen, und vom Beispiel des ersten beeinflußt wurde, nicht mehr aus dem Haus ging; dieser wurde alsbald von einem dritten, dann von einem vierten nachgeahmt, und nach und nach von der ganzen großen Schar der Schriftsteller, die, da sie keinen mehr unterwegs trafen, es nicht mehr fertigbrachten, auf den Straßen herumzustolzieren und mit einem Ruhm zu prahlen, den sie gar nicht hatten. Die jeweiligen Ehefrauen blieben auch zu Hause, nur frühmorgens gingen sie in anonymen, abgelegenen Läden das Nötigste einkaufen.

Die Schriftsteller telefonierten viel miteinander, um das gegenseitige Ansehen abzuschätzen und vor allem, weil es einen gab, der, da er um sein Schriftstellertum nicht wußte, unbeirrbar unterwegs war. Die Schriftsteller sahen ihn vom Fenster aus und, da der bewußte ein klaustrophober Typ war, das Freie und den Verkehr liebte, sahen sie ihn oft sorglos auf der Straße vorbeigehen oder mit einem Mofa vorbeifahren. Wer ihn sichtete, rannte sofort zum Telefon.

»Er ist hier vorbeigegangen, stolz wie Alessandro Manzoni, der aber,« so kommentierten tückisch die anderen, »wenigstens seinen Roman geschrieben hat.«

»Ich habe ihn um drei hier unten gesehen«, verkündete zum Beipiel einer per Telefon, »in höchster Aufregung, klein und mit spärlichem Haar, als wäre er Gabriele D'Annunzio bei dem Unternehmen in Fiume.«

»Heute zeigte er sich so niedergeschlagen, wie sich nicht einmal Silvio Pellico in seinem Kerker zu zeigen gewagt hätte.«

»Ich schaute zufällig auf die Straße hinunter, da kam er daher, aufgeblasen wie ein Pfau. Ich habe ihn nicht gleich erkannt und mir gesagt: Wer ist denn das? Publius Virgilus Maro? Aber nein, er war es, in der Hand hatte er einen kleinen Zettel, damit man glauben sollte, er habe die *Aeneis* geschrieben oder so was Ähnliches. Also, ich konnte mich nicht zurückhalten, ich hab gepfiffen; ihm gab es keinen Ruck, stolz, als hätte er schon den Lorbeer auf dem Kopf.«

»Es war Viertelnachsieben«, sagte einer beim zehntausendsten Telefongespräch, »ich sehe vom Fenster aus ein Männchen, das sieht aus wie Voltaire, ja, François Marie Arouet, genannt Voltaire. Ich werde doch keine Gespenster sehen? Hab ich mir gedacht. Ich schaue ihn näher an. Er war es aber wirklich. Er sah alle von unten nach oben an, wie eben ein Aufklärer des achtzehnten Jahrhunderts; so was von widerlichem Gesicht und erst das Grinsen! Ich glaube, er war sogar gepudert und fühlte sich in engem Kontakt mit Katharina von Rußland.«

»Heute ist er zweimal hier durch die Straße gekommen, er sah aus wie eine Statue, eine Schillerstatue, so voller Einbildung und Dramaturgie.«

Das war der Tenor der Telefongespräche, sie glänzten gewiß nicht vor hoher Intelligenz, während die Frauen und

Kinder stöhnten: Wer ist denn dieser Schiller? Und dieser Pellico? Wenn die aus dem Haus gehen, können wir doch auch ausgehen. »Schweigt«, so antworteten in etwa die Schriftsteller, »ihr Faultiere! Das versteht ihr nicht. Aber seht ihr ihn denn nicht? Wer weiß, für wen er sich hält? Er geht aus, als wäre er ein großer Schriftsteller, ist es aber nicht.«

Hier bestätigen wir, daß es sich um einen weit verbreiteten, beklagenswerten, unerklärlichen Trugschluß handelte, weil der Typ tatsächlich kein Schriftsteller war und nie gedacht hatte, er sei einer, und nicht einmal wußte, daß es sogenannte Schriftsteller gibt. Er war der Laufbursche einer Parfümerie, mit Grundschulabschluß, der im besten Fall einem Äffchen oder dem modernen Homo sapiens ähnlich sah, eher als der Gattung der Schriftsteller.

Die Geschichte dauerte einige Monate, dann überzeugten die Ehefrauen, die einander per Telefon angestachelt und sich dann verbündet hatten, ihre jeweiligen Schriftsteller davon, daß sie, wenn sie vorher nichts gezählt hatten, auch weiterhin nichts zählen konnten, sowohl privat als auch öffentlich.

24. Mailänder Außenbezirke

Drei Schriftsteller ergriffen einen vierten Schriftsteller und fesselten ihn aus Rache an einen Pfahl. Und sie ließen ihn dort gefesselt stehen, in einem Außenbezirk von Mailand. Als ein fünfter Schriftsteller, der in der Gegend herumstrich, den Gefesselten und übel Zugerichteten sah, griff er ihm in die Taschen und stahl ihm sein Kleingeld. Als er dann sah, daß der Gefesselte immer noch auf eine Seite hing und keine Regung zeigte, ging er noch einmal zurück und stahl ihm auch die Schuhe und die Uhr, die aber nichts wert war. In dem Moment erschienen zwei Schriftsteller auf einem Mofa, die ihn auf der asphaltierten Straße verfolgten und ergriffen. Dies waren Schriftsteller ohne festen Wohnsitz; sie warfen ihn nieder und gaben ihm eine Tracht Fußtritte, nicht der Gerechtigkeit halber, sondern aus Gewohnheit: Wenn sie nämlich sahen, daß sich einer aus dem Staub machte, fuhren sie ihm mit dem Mofa nach und verprügelten ihn; meistens fanden sie bei solchen Typen Diebesgut. Und bei diesem fanden sie die Uhr, überprüften sie, eine Plastikuhr, die sie wegwarfen, der Schriftsteller bekam noch einmal eine erbitterte Tracht Fußtritte, die er wortlos hinnahm, denn wenn er sie angefleht hätte, wäre es viel schlimmer geworden. Dann stiegen die beiden wieder auf das Mofa und verschwanden, und das Geknatter ritzte die Stille der Nacht.

Der Schriftsteller, der am Boden lag, jammerte eine Zeitlang; er dachte: »Verfluchtes Landstreicherpack, ihr gehört ausgerottet.« Er hob den Kopf und blickte um sich; aus der Ferne hörte man den Verkehrslärm. Dann fuhr ein Auto mit ausgeschalteten Scheinwerfern vorbei, und man hörte die zwei mit dem Mofa zurückkommen. Der Schriftsteller kroch zum Straßengraben und duckte sich dort zusammen. Unterdessen suchten ihn die zwei, wahrscheinlich, um ihm noch eine Ration Fußtritte zu verpassen, die sie ihm zu ihrem Bedauern vorher nicht mehr gegeben hatten. Sie fuhren unter lautem Geknatter ein wenig herum, dann stieg aus dem Auto mit den ausgeschalteten Scheinwerfern einer aus und rief: »Kommt her!« Die zwei waren mißtrauisch und versuchten ins Auto hineinzuschauen. »Brauchen wir sie lebendig?« fragte der Ausgestiegene jemand im Auto Sitzenden. »Liegt bei dir«, war die Antwort. »Darf dieses Mofa hier fahren?« fragte er dann die zwei. »Wer bist du eigentlich?« antwortete einer der zwei ohne festen Wohnsitz. »Hier wird nur gefahren, wenn ich will.« Und ohne Vorwarnung gab er mit einem schweren, kurzen Aluminiumknüppel dem Näherstehenden, der gerade eine sarkastische Antwort geben wollte, einen sehr heftigen Schlag auf den Mund und einen zweiten ein wenig über dem Ohr. Der andere Geschäftspartner zögerte einen Augenblick, und das reichte, daß auch er einen Schlag mitten ins Gesicht bekam. »Scheißschriftsteller«, tönte es aus dem Auto, »Landstreicher!« Der Typ hob das Mofa auf, öffnete die Verschlußkappe des Tanks und ließ ein wenig Benzin auf die zwei herauspinkeln; dann zündete er sie an. Der Schriftsteller im Straßengraben sah es und hielt sich still, aber er genoß es auch: »Gut gemacht, ihr Scheißkerle!« dachte er schweigend. In dem Moment gingen die Scheinwerfer des Autos an. »Da ist noch einer, im Straßengraben.« Er wurde ergriffen, zum Krüppel geschlagen, noch einmal verprügelt und zu den anderen ins Feuer geworfen.

In der damaligen Zeit hatten die Schriftsteller in Mailand angefangen, Verbrechen zu begehen, sei es aus geringer Lust an der Arbeit, sei es wegen ihrer Nutzlosigkeit, sei es wegen ihrer tief eingewurzelten Neigung zum Verbrechen und zu unmoralischen Verhaltensweisen.

Im Inneren des Autos kam es nun zu einem heftigen Streit; sie waren zu viert, außer dem Ausgestiegenen, lauter Schriftsteller, lauter Galgenvögel, und da sie nur deshalb im Auto herumfuhren, weil sie Streit anfangen wollten, hatten sie untereinander angefangen, denn einer hatte gesagt, daß die anderen zuviel Platz einnahmen. Einer fiel mit blutendem Gesicht aus dem Auto, es war der, der sich über den mangelnden Platz beschwert hatte, und als er den anderen mit dem Knüppel in der Hand vor sich stehen sah, gab er ihm instinktmäßig, ohne vorher nachzusehen, einen Hieb direkt auf das Nasenbein und einen zweiten auf den linken Augenbogen; dann schlug er, während der andere auf dem Boden lag, weiter auf ihn ein, mit einer Kette, die er zu seiner Sicherheit immer dabei hatte. Die beiden im Auto Gebliebenen hatten inzwischen den am Steuer Sitzenden mit der Faust halb totgeschlagen. Sie kannten sich noch nicht lange, erst seit einer halben Stunde, hatten das Auto gestohlen und waren im ganzen zu fünft, aber sie waren sich sofort alle auf die Nerven gegangen; dann hatte sich einer ans Steuer gesetzt; und auch das hatte keinem gefallen.

Aber kaum lag der Fahrer mit dem Gesicht auf dem Steuer, da kam es zu einem Wortwechsel zwischen den zwei Übriggebliebenen, weil nämlich der eine vorne saß und der andere hinten; und das können die Schriftsteller nicht ausstehen. Der hinten Sitzende hatte dem anderen mit dem Wagenheber das halbe Gesicht zerschmettert. Dann hatte er sich, die zwei Leblosen abschüttelnd, ans Steuer gesetzt und mit einer großen Kehrtwendung die Reifen aufkreischen lassen und fluchend den stehenden Schriftsteller mit der Kette überfahren, worauf er gegen einen Hochleitungsmasten prallte, weil er wegen der tausend Sprünge in der Windschutzscheibe nichts mehr gesehen hatte.

Einen Augenblick herrschte Stille. Selten kam ein Schriftsteller ums Leben, denn das war nicht der Punkt; im allgemeinen war es für die Schriftsteller kein Punkt, jemanden umzubringen, nicht einmal unvorsätzlich. Sie hatten sich zu ihrer Zeit schon mit den Kritikern und den Journalisten ausgetobt, die eine Kategorie von Schlampern darstellen; verbal aggressiv, aber mit regulärem Führerschein, regulärem Auto, mit einer Akademikerin verheiratet, mit festem Gehalt und noch mehr, wenn's geht; aber nie einen Fausthieb ins Gesicht, das kam nie vor. Hatten sich lieber aus dem Staub gemacht, die Kritiker; und die Schriftsteller waren in den dreckigsten Außenbezirken gelandet, als Delinquenten. Das steht zwar nicht in den Schulbüchern, aber man sollte es trotzdem lernen.

25. Langlebige Kritiker

Wozu braucht man einen Kritiker? fragt sich hin und wieder die Bevölkerung. Einen Kritiker braucht man, damit ein Schriftsteller sich einen Augenblick lang einbildet, er würde existieren. Jeder Schriftsteller müßte seinen Kritiker haben, sonst ist er auf immer entschärft und ausgeschaltet. Die wichtigste Eigenschaft des Kritikers ist die Langlebigkeit. Der Schriftsteller dagegen ist nur ein flüchtiger Gast auf dieser Erde, er ist ständig in Aufregung, tobt vor Wut, bald in der Öffentlichkeit bald zu Hause im stillen Kämmerlein; bald inspiriert ihn eine Reise mit der Eisenbahn, und im allgemeinen ist es wünschenswert, daß ein Schriftsteller jung stirbt, damit man sagen kann, er sei vorübergeeilt wie ein Meteor, wie ein Blitz von Photonen in der Dunkelheit. Die wichtigste Aufgabe eines Kritikers ist dagegen, langlebig zu sein, und zwar von Jugend an, denn er begleitet den Schriftsteller, wie eine Öllampe oder eine Kerze ein Streichholz begleitet.

Der Kritiker schreibt zum Beispiel in einer Zeitung ein Lob über den Schriftsteller, und der Schriftsteller schenkt ihm Glauben, er wird sogar stolz, und sein kurzes Leben beginnt zu leuchten. Er hat den Zeitungsausschnitt immer in der Tasche, wohin er auch geht, und er zeigt ihn zum Beispiel im Treppenhaus oder im Aufzug den Miteigentümern in seinem Haus, die nicht wissen, was sie sagen sollen, weil sie nicht wissen, was ein Kritiker ist, und sich vorstellen, ein Schriftsteller sei nur einer, der jung und verkannt stirbt. Daher neigen die Miteigentümer, der eine mehr der andere weniger, auf irrationale Weise dazu, ihm ihr Beileid auszusprechen. »Es tut mir leid«, sagen sie, »nur Mut«, sagen sie, als ob der Schriftsteller ein Verstorbener wäre, und die Kritik ein Nachruf, der die Tugenden des Verstorbenen preist. Der Schriftsteller ahnt, daß die Miteigentümer der Bevölkerungsschicht angehören, die dem Glanz der Literatur gegenüber unempfindlich ist und mit der man nur über Wohnflächen und deren Aufteilung in Tausendstel sprechen kann. Trotzdem geben ihm diese Beileidsbezeugungen, so irrational sie sein mögen, zu denken. Er liest die Kritik noch einmal, die ihn weiterhin euphorisch stimmt, und es wird ihm klar, daß es ethisch betrachtet seine Pflicht wäre, schon gestorben zu sein. So gerät er in einen Gemütszustand, der sich als posthum bezeichnen läßt: Er gibt zum Beispiel in allen Miteigentümerfragen nach, verzichtet auf die Tausendstel, die ihm zustünden, »tut so, als gäbe es mich nicht«, erklärt er; er verzichtet auf seinen Treppenhausanteil und auf seine Mitbesitzerrechte bei einer Latrine. Und wenn der Kritiker zufällig wieder eine Kritik schreibt, dann knistert der Schriftsteller aufs neue und verstirbt wieder, und so geht es immer wieder; und da das Geknister im Nu vorbei ist, aufleuchtet und sofort erlischt, kann der Schriftsteller nur und immer als Verstorbener eine Dauer haben. Wenn dieser andere Schriftsteller trifft, über die ebenfalls ein Kritiker eine Kritik geschrieben hat, gehen sie auf der Straße zusammen weiter wie erloschene Raketen. »Ist eine Kritik über dich geschrieben worden?« fragt der eine. »Ja, sieht man's mir nicht an?« antwortet der andere, der zwar nicht unzufrieden ist, aber doch die Kümmernis des Tages nach dem Fest an sich hat und verlegen ist, weil er noch lebt. Der erste sagt auch noch: »Gehen wir durch die Seitenstraßen, denn mir ist übel.« Das ist das Syndrom dessen, der eine Kritik bekommen hat, und, nachdem er geleuchtet hat, erlischt er wie ein Feuerwerk.

Eines Tages ging ein Kritiker mit seinem zeitlosen Gebaren auf der Straße, da begegnete er den zwei oben zitierten Schriftstellern. Der Kritiker ist naturgemäß von größerer Statur, und wenn er es nicht ist, bemüht er sich von Jugend an, es zu sein. Also, das war der Kritiker, der über die beiden Schriftsteller eine Kritik geschrieben und sie hoch gelobt hatte; die zwei Schriftsteller schwänzelten sofort um ihn herum, freudig und betrübt zur gleichen Zeit, weswegen sie hüpften und hinkten; einer der beiden hätte am liebsten geheult, wie die Hunde, wenn der Mond aufgeht und sie sich verschmolzen fühlen mit der immerwährenden Bewegung der Schwerkraft. Der Kritiker kraulte einem der beiden Schriftsteller den Kopf und sagte »na, na, mein Guter«. Er sagte es nicht, um auf die Tatsache anzuspielen, daß die Schriftsteller den Hunden beim Anblick des Mondes gleichen, sondern weil es seinem normalen ruhigen Gebaren entsprach. »Onkel!« riefen ihn die zwei Schriftsteller, da sie den Kritiker als eine Art Onkel betrachteten, der das Protektorat und die elterliche Gewalt ausübt. »Kommt, gehen wir einen trinken«, sagte der Kritiker. Sie gingen in eine kleine Bar und die beiden Schriftsteller wollten Sprudel. Der Kritiker schaute ihnen gutmütig und gelassen lächelnd beim Trinken zu, während die beiden sich aufgeregt mit ihren Gläsern zu schaffen machten, denn es war sehr viel Sprudel und sie blähten sich durch das Trinken auf, bis sie es nicht mehr schafften. Die Schriftsteller wollen, da sie ein kurzes Leben haben, immer alle Empfindungen bis zum Äußersten erleben, zum Beispiel wieviel Sprudel sie in sich hineingießen können, ehe sie überlaufen. Die Kritiker dagegen haben, weil sie lange leben, von allem einen größeren Abstand, und so trank der Kritiker einen Schluck Leitungswasser und nicht mehr, denn er hatte Jahrhunderte vor sich, so wenigstens ist die Ideologie, mit der jeder Kritiker vollgesogen ist. Dann gingen sie wieder auf die Straße hinaus, die zwei Schriftsteller leicht seitenlastig und knurrend, der Kritiker selbstbewußt. »Du, Onkel«, sagten die beiden immer wieder, auch wenn der Kritiker nicht ihr Verwandter war und sie untereinander ebenfalls weder Brüder noch Vettern waren, sondern sich an diesem Morgen kennengelernt und als kompatibel gewittert hatten. »Na, na, schon gut, ihr beiden«, sagte der Kritiker mehrere Male, der sie, da er ihr Schicksal kannte, in ihrem leichtsinnigen Tun beließ. In dem Moment kam eine Straßenbahn gefahren; die zwei Schriftsteller liefen los und stiegen ein, aber der Kritiker ging gleichen Schrittes weiter. Die Frage der Langlebigkeit hatte ihn daran gewöhnt, die einzelne Straßenbahn als ein Ereignis zu betrachten, das sich alle zwanzig Minuten unverändert wiederholt, während die Schriftsteller, wenn sie eine Bahn an der Haltestelle sehen, losrennen und denken »jetzt oder nie mehr«, und wenn sie dann drin sind, verfallen sie, weil sie ohne Fahrschein und flatterhaft sind, in den größten Trübsinn und steigen verzagt bei der nächsten Haltestelle wieder aus. Wie es eben den beiden Schriftstellern passierte, die ausstiegen und auf der Suche nach dem Kritiker zurückgingen. Sie fanden ihn an der Haltestelle, wo er in stoischem Gleichmut auf die nächste Bahn wartete, mit der unerschütterlichen Sicherheit, daß sie kommen würde, was im übrigen auch der Fahrplan zu verstehen gab. Die zwei Schriftsteller umschwänzelten ihn. »Onkel«, sagten sie, »wenn sie aber nicht kommt?« »In wenigen Minuten ist sie da«, sagte der Kritiker. »Onkel, wenn sie aber wegen eines kleinen Erdbebens entgleist?« sagte der erste. »Wenn sie wegen eines Volksaufstands oder einer kriegerischen Aktion nicht verkehrt?« »Wenn ein Unglück passiert ist?« In dem Moment kam die Straßenbahn, die automatischen Türen öffneten sich zur großen Freude und unter den unbeherrschten Hurrarufen der zwei Schriftsteller, die vor dem Kritiker einstiegen, wobei sie ihm Platz machten und immer wieder sagten: »Sie ist gekommen, Onkel, wie du gesagt hast, hurra!« Und die Türen gingen wieder zu; ein Schriftsteller hatte sich die Finger eingezwickt. »Es hat nicht wehgetan«, wiederholte er dann ein paarmal, voller Aufregung, als hätte er die Intensität des Lebens erfahren. Inzwischen hatte die Menge den Kritiker weiter nach vorne geschoben. Die zwei Schriftsteller, die sich von etwas hatten ablenken lassen, sahen ihn nicht mehr und stiegen bei der nächsten Haltestelle unbesonnenerweise aus, um ihn zu suchen. Die Türen gingen zu, und die Bahn fuhr wieder ab. Die zwei Schriftsteller liefen ein Stück hinterher und riefen: »Onkel.« Aber dann waren sie auf einmal verzagt, genauso verzagt wie ein Hund, wenn er mit dem Stock geschlagen wird, und sie gingen zurück, weil das Leben kurz ist und sie den Eindruck hatten, es sei nun noch kürzer geworden. Sie gingen zurück zur ursprünglichen Haltestelle, ob sie vielleicht ihren Kritiker in der Gegenrichtung vorbeifahren sehen könnten.

Für einen Kritiker ist nie etwas verloren, alles fängt wieder von vorne an: Das bedeutet seine Langlebigkeit. Daher wird er an einer anderen Haltestelle zwei anderen Schriftstellern begegnen; und die werden in ihm den erkennen, der eine Kritik über sie geschrieben hat, wodurch er die höchste Höhe des Lebens und zugleich den Untergang bescherte. Sie werden um ihn herumspringen: »Onkel, Onkel!«, »na, na, gebt Ruhe«, »den Sprudel bitte!«. Sie werden Sprudel wollen, bevor sie von der Bühne dieser Welt verschwinden, während der Kritiker sie betrachten wird, ohne sich zu überlegen, ob es andere sind oder die von vorher, die ihn wiedergefunden haben, und er wird sie auf jeden Fall vorübergehen lassen.

26. Die Fee Peruzzi

Viele Schriftsteller sind wie Verrückte, schreien nachts auf ihre Frau ein, beißen ins Bett; dann verstecken sie sich unter der Decke und sagen immer wieder: Das soll mein Leben sein?

Einer der so beschaffenen Schriftsteller ging eines Tages über ein Stoppelfeld, da begegnete er einem Mädchen, das mit einem unglaublich kurzen Rock in einem Graben saß. »Bist du eine Erscheinung oder Wirklichkeit?« fragte er sie. »Weder das eine noch das andere. Ich bin die Fee Peruzzi.« »Dann bist du eine Erscheinung?« »Nein, du kannst mich anfassen, ich bin konkret.« Der Schriftsteller faßte ihr Knie an und sie lachte: »Hab keine Angst, da ist nichts Schlimmes dabei.« Da faßte der Schriftsteller ihr Bein unter dem Rock an; sie hatte eine warme Haut und dünne Beine, wie ein Model. »Du bist wie ein Fotomodell«, sagte der Schriftsteller, »was heißt das, daß du eine Fee bist?« »Das heißt zum Beispiel, daß ich hier an dieser Stelle lebe. Hier ist es ein wenig feucht, und wir entstehen aus der Feuchtigkeit entweder aus einem Teich oder aus dem Quellwasser.« Das glaubte ihr der Schriftsteller nicht; er dachte, es seien Erfindungen eines gebildeten Mädchens oder eines märchensüchtigen Mädchens, vielleicht einer Schriftstellerin oder einer aufstrebenden Schriftstellerin. »Wie heißt du dann mit dem Vornamen?« »Luisa.« »Luisa Peruzzi: nie gehört. Und du bist eine Fee?« »Ja.« »Dann küsse ich dich.« Er küßte sie, und sie legte sich hin. An der Stelle war ein wunderbar weiches Moos. Sonst war das ganze Feld trocken.

Und da sie so einladend war, lagen sie beide bald im Graben. In seinem ganzen Leben war ihm noch nie etwas so Schönes passiert, auch wegen dieser Idee, eine Fee zu spielen.

Vier Nachmittage hintereinander kehrte er zu der Stelle zurück und fand sie an demselben Platz; sie erschien ihm immer bezaubernder und gefiel ihm immer besser. Sie hatte einen leichten ausländischen Akzent und blieb beharrlich bei dem Spiel: »Die Feen sind von kurzer Dauer, sie sprießen hervor wie Gras, dann verblühen sie in einer Nacht.« Der Schriftsteller antwortete: »Warum treffen wir uns nicht anderswo? Zum Beipiel in einem Hotel?« »Ich kann nicht«, sagte sie, »ich würde gern, aber ich kann nicht. Wenn ich sage, daß ich eine Fee bin, dann meine ich es im Ernst. Die Feen sind schwach.«

»Was für ein Abenteuer«, dachte der Schriftsteller zu Hause, »diese Luisa Peruzzi ist gewiß eine Schriftstellerin.« Und er dachte an nichts anderes, wie einer, der verliebt ist oder träumt. Zwei Tage konnte er nicht auf das Feld gehen und am dritten war sie nicht mehr dort. Er suchte die Peruzzi im Telefonbuch. Es gab vier, aber von einer Luisa Peruzzi wußte niemand etwas. Der Schriftsteller hatte nun diese Luisa Peruzzi im Kopf und konnte nachts nicht mehr schlafen; er mußte weinen, sich in die Finger beißen und Luisa Peruzzi schreien, weil er sie nicht wiederfand. Es war ein heißer Sommer, unvergeßlich heiß; die Leute schienen alle verrückt geworden zu sein; aber der Schriftsteller war der Verrückteste von allen. Er ging auf das Feld und nahm es in Augenschein: Der Graben war ausgetrocknet und voller Risse und das Moos am Zerfallen. Die Spuren von ihnen beiden waren aber noch zu sehen und zeigten, daß er nicht geträumt hatte: Da war noch ein Loch, das er mit dem Finger in die feuchte Erde gemacht hatte, und zwei zusammengeknüpfte Grashalme. Bei seinen Fahndungen in jenem Sommer sah der Schriftsteller, daß in der Nähe des Feldes eine Straße vorbeiführte; nachts war sie voller Mädchen, die sich feilboten. Er musterte sie, indem er mit dem Auto auf und ab fuhr; es war ihm auch dieser Verdacht gekommen. Deswegen sahen sie ihn die ganze Nacht diese Allee auf und ab fahren und fragen: »Ist hier eine Luisa Peruzzi?« Oder: »Ist hier eine Blondine, die aussieht wie eine Fee?« Sie antworteten ihm: »Dort sind die Polinnen.« Er nahm eine zu sich ins Auto und fahndete. Jeden Abend nahm er wenigstens eine zu sich ins Auto, die von derselben Rasse oder aus demselben Land sein konnte wie seine Luisa Peruzzi. Wenn das der Fall wäre, dachte er, dann ist Luisa Peruzzi nicht ihr wirklicher Name. Dann kam er auf eine komplizierte Geschichte mit Feen oder Schriftstellerinnen, die in der Nähe von Wassergräben Fee spielen. Die Polinnen bekamen Angst, er könnte ein Triebtäter sein. Deshalb kam es soweit, daß der Schriftsteller der Polizei als zu überwachende Person gemeldet wurde; daß er Schriftsteller war, war ein erschwerender Umstand, die Schriftsteller seien nämlich psychisch labil und Opfer ihrer Hirngespinste, sagte ein Sexualexperte auf dem Polizeirevier. Als dann ein Fall von Bankraub mit Vergewaltigung einer Polin passierte, wurde der Schriftsteller verdächtigt und während der Nachforschungen einen Monat lang ins Ortsgefängnis eingesperrt. Wo ihm seine geheimnisvolle Luisa Peruzzi im Traum erschien. Und er träumte von den vier unvergeßlichen Nachmittagen im Juli: Der Traum begann genau an der Stelle, wo er über das Stoppelfeld ging und plötzlich die schöne Luisa mit ihrem kurzen Rock im Moos sitzen sah. Und er war überrascht, weil er im Traum noch nicht wußte, wer sie war. Dann geschah alles wie in der Wirklichkeit. Es war ein so deutlicher und klarer Traum und so lebensnah, daß er ihn als etwas wirklich Erlebtes betrachtet hätte, wenn er nicht im Gefängnis aufgewacht wäre. Auf dem Boden war eine Wasserpfütze, weil er im Traum sein Glas umgeworfen hatte.

Als er herauskam, war es schon Winter; alles war schal,

und der Schriftsteller fragte sich: Soll das mein Leben sein?

27. Reise mit gedecktem Tisch

Zwei unbesonnene, phantastische Schriftsteller, die übermütig aufgebrochen waren, eine Reise um die Welt zu machen, kamen, nach ihren eigenen Worten, jeden Abend in einem überraschenden anderen Landstrich an, obwohl sie sich, ehrlich gesagt, nie um viele Kilometer von zu Hause entfernten. Einmal kamen sie zur Abendzeit an einen etwas unheilschwangeren Ort, der lag in der Nähe eines gemächlich und still fließenden Flusses, wo eine Gruft war, in der Bäume und Kletterpflanzen wucherten. Eine Gruft jagt gewöhnlich Angst ein, aber die Schriftsteller waren so hungrig und so müde, daß sie sich keine Gedanken machten. Da erschien ihnen ein halb durchsichtiges Gespenst, das sich verneigte und ihnen bedeutete, sie möchten eintreten. Da der Mond schien, konnte man gut sehen. Die zwei Schriftsteller gingen zwischen gewundenen und hervorstehenden Ästen weiter hinein; das Gespenst folgte ihnen, bis sie in einen riesigen, von einem unermeßlich weiten Gewölbe überdachten Saal kamen, den es aber nicht mehr gab. Hätte es ihn noch gegeben, wäre es ein prächtiger Saal gewesen. Fünf verschlafene Gespenster erhoben sich und verbeugten sich wie Ober, als die beiden vorbeikamen, und sie sahen genau, daß einige von ihnen Schuhe anhatten. Sie setzten sich neben eine Marmortafel, die aussah wie ein Tisch. Viele farblose Gespenster machten sich ringsum zu schaffen; dann roch man einen vagen Duft, und zwölf gespenstische Gestalten kamen wohlerzogen, eifrig und gesittet mit dampfenden Speisen heran, die auf großen, halb durchsichtigen Tellern lagen. Man mußte sich fragen: Schlaf ich oder wach ich? Die zwei Schriftsteller fragten es sich und kamen zu dem Schluß, daß es nicht so war, als würden sie nur Luft essen. Es wurde Tee serviert, kein besonders starker, ehrlich gesagt, eher reinem Wasser ähnlich, in beinahe körperlosen Glasschalen. Dann wurden andere Gerichte serviert, so daß die Schriftsteller ganz zufrieden sagten: Gut! Noch ein wenig! Was die Gespenster verstanden, weiß man nicht, nachdem sie aufgetragen hatten, stellten sie sich gesittet in einer Reihe auf und warteten. Wenn eins von ihnen gähnte, dann gähnten alle. Viele trugen, wie man sehen konnte, den Schatten einer alten Livrée und Schuhe, aber mit nicht zugebundenen Schnürsenkeln.

Der zweite Schriftsteller sagte, sie würden sie wohl nicht zubinden, weil ihnen die Schuhe zu eng seien.

Der erste aber sagte, sie würden sie nicht zubinden, weil sie faul seien. »Bekanntlich sind die Gespenster faul; sie haben soviel Zeit vor sich, daß sie alles auf später verschieben.«

Der zweite Schriftsteller sagte, die Gerichte seien aber nicht schlecht.

Der erste antwortete, sie würden alle ein wenig fad schmecken: »Man muß ihnen sagen, daß sie nachsalzen sollen; ich kann zum Beispiel nicht unterscheiden, was das hier ist. Ist es eine Illusion oder sind es Würste?«

Zwanzig Gestalten standen neben dem Stein, bereit, weitere schwindende Speisegänge zu servieren. Da die Schriftsteller langsam und dem Essen gegenüber ein wenig skeptisch waren, wurden einige ungeduldig und wogten hin und her, wobei sie sich wie kleine Rauchsäulen wanden. Ein Gespenst warf unerwartet einen Schuh auf den Tisch.

»Verfluchtes Biest«, brummte der zweite Schriftsteller, in dessen Teller der Schuh gelandet war.

»Die Bedienung läßt zu wünschen übrig«, war der Kommentar des ersten.

Aber in dem gespenstischen Haufen machte sich eine Unruhe breit, so daß sie sogar miteinander zu wispern begannen. Auf dieses Gewisper hin erschienen etwa fünfzehn Kollegen, an ihrer Spitze ein dickes Gespenst in Pantoffeln, und sie machten sich eifrig daran, den Tisch abzuräumen, als wäre dies ihre ewige Aufgabe.

»Warum bleiben wir nicht hier? Es sieht so aus, als würden sie uns ehrerbietig behandeln«, sagte der zweite Schriftsteller.

»Ja, aber hier werden wir nicht satt; ich zum Beispiel habe noch Hunger«, antwortete der erste, welcher der Skeptischere war.

»Macht doch nichts. Wir können immer wieder aufs neue zu essen anfangen«, sagte der zweite, der schon einen unbestimmten, ewigen Bratenduft roch.

Der erste war sofort überzeugt und so blieben sie, auch weil das der Friedhof ihres Dorfes war, wo ihre Reise um die Welt zu Ende ging. Diese letzte Etappe konnten sie aber niemandem mehr erzählen.

28. Eskimos

Ein Schriftsteller wagte sich weit hinein in die Taiga zwischen Flechten und Moose. Er wollte sich verirren und den Hungertod sterben. Am Himmel zogen riesige Wolken vorüber, die vom Polarmeer der Arktis kamen. Der Schriftsteller ging drei Tage lang, bis er sich wirklich verirrte. Da sah er am Horizont ein Pünktchen. Das konnte ein Eskimo sein. Es war tatsächlich ein Eskimo, der allein durch die Taiga ging. Das ist nicht normal, dachte der Schriftsteller, »die Eskimos bewegen sich in Gruppen«.

»Essen«, sagte der Schriftsteller,»ich wollen essen.«

Der Eskimo zog einen gedörrten Fisch aus der Tasche und rieb ihm etwas auf die Hand.

»Trinken«, sagte der Schriftsteller.

Der Eskimo gab ihm zu verstehen, daß sie nicht die Gewohnheit hätten zu trinken, und daß er auf jeden Fall ein wenig Eis kauen könne.

Das müßte man unbedingt schreiben, dachte inzwischen der Schriftsteller bei sich. »Ich bin Schriftsteller«, sagte er zu dem Eskimo und machte mit den Fingern die Geste des Schreibens; aber vergeblich, sie verstanden sich nicht. Die haben wahrscheinlich keine Schriftsteller, dachte er, und dachte auch, es wäre schön, ein Eskimo zu werden, am Pol zu leben, bei unter Null zu bleiben, Schnee zu essen. So folgte er dem Eskimo, der in die weiter nördlich liegenden Gegenden vordrang. Sie gingen einen Monat lang, bis sie zum Packeis des Pols kamen. Hier schlug der Eskimo Löcher auf und fischte; der Schriftsteller saß in der Nähe und schaute zu. Um sich nützlich zu machen, lud er sich das Zelt, die Fische und die Decken auf den Rükken. Dann kam die Nacht und blieb sechs Monate. Sie gingen im Zwielicht auf dem arktischen Meer; der Schriftsteller zog den Schlitten und dachte: Das werde ich alles schreiben. Und er war begeistert in seinem Herzen. Er sah das Polarlicht und dann und wann in der Ferne einen Bären, dann blies der Wind; einmal blies er einen ganzen Monat lang, und sie konnten nie aus dem Zelt gehen. Er dachte: Das wird eine unvergeßliche Seite sein. Dann nahmen sie ihren Marsch wieder auf und suchten Nahrung; er zog den Schlitten und der Eskimo fischte. Es war ein Eskimo, der allein lebte; solche gibt es, aber nicht viele. Wenn sie einem Stamm begegneten, machte er kleine Tauschgeschäfte. Der Schriftsteller war für den Schlitten zuständig; er lief nicht so schnell wie eine Meute Hunde, aber der

Eskimo war zufrieden und gab ihm seine Ration Fisch. Der Schriftsteller notierte alles in seinem Kopf und hörte nie auf, euphorisch zu sein.

Es vergingen Jahre, denn die Arktis ist unermeßlich weit. Einmal sah er einen anderen Eskimo, dem ein Mensch seinen Schlitten zog. Da kam ihm der Verdacht, es könne ein anderer Schriftsteller sein, aber dann schloß er es aus, weil der Mensch ein asiatisches Gesicht hatte.

Später wurde er verkauft und zog den Schlitten noch Jahre lang für andere Eskimos, die anspruchsvoller waren, aber ebenso tüchtig. Er dachte immer, seine Biographie sei einmalig und würde ein unsterblicher Roman werden.

In den verbleibenden Jahren sah er noch einmal einen Menschen, der vor einen Schlitten gespannt war, er war alt und einfältig geworden, wahrscheinlich europäischer Abstammung. Sie beschnupperten sich, ohne etwas zu sagen oder Auskünfte über ihre Biographien auszutauschen.

Er wußte es nicht, aber die Eskimos verwenden die Schriftsteller als Schlittenhunde, weil sich die Schriftsteller dazu hergeben. Wenn die Eskimos einen wollen, dann suchen sie ihn in der Taiga. Es gibt nicht viele Schriftsteller, aber man findet sie gratis und sie kommen den Hunden gleich.

IV.
UNTERRICHT IN TRÄGHEIT

Du liegst mit geschlossenen Augen da, und ich sage: schon mal gut. Nicht denken, nicht wünschen, wenig atmen; und überlaß dich der Unordnung, denn die Unordung ist etwas Gutes. Hörst du mich? Jetzt ist es neun, Sonntag abend, und ich bin dein Lehrmeister; im Guten wie im Bösen bin ich dein Lehrmeister. Jetzt ist es neun Uhr abends und ich habe dich den ganzen Tag unterrichtet; auch gestern habe ich dich den ganzen Tag unterrichtet und auch vorgestern habe ich dich unterrichtet, und ich sehe, etwas hast du gelernt; ich sehe, du fuchtelst nicht mehr herum. Du hast heute den ganzen Tag auf meinem Bett gelegen, wie gestern, wie vorgestern, und ich sehe, die Schuhe hast du nicht ausgezogen, denn das Schuhausziehen wäre eine verlorene Mühe, und die Schnürsenkel aufbinden ist auch eine Mühe. Das alles sehe ich mit Wohlgefallen. Ich bin dein Lehrmeister im Guten wie im Bösen, und was habe ich dir gesagt? Ich habe gesagt: Geh auf einen Kongreß, denn die Kongresse sind die richtigen Orte, um ein Beispiel zu geben, geh auf einen Kongreß und suche dir einen Platz, wo dich jeder sieht, setz dich zum Beispiel in die erste Reihe, setz dich unter die besonderen Gäste, egal, worum es in dem Kongreß geht, egal, weshalb man dort zusammengekommen ist. Besorge dir ein Schildchen wie ein Ehrengast, aber ohne viel Aufhebens zu machen, steck es dir an die Brust, dann besorge dir das Mäppchen des Kongreßteilnehmers und setz dich, ohne dich vorzudrängen, ohne es eilig zu haben. Wenn du es eilig hast, verlierst du die ruhige Verfassung für den Kongreß. Du setzt dich den Rednern gegenüber, wartest, bis sich das Parkett beruhigt, ohne Eile und ohne Voreile, du wartest, bis das Mikrophon eingeschaltet wird, daß sich ein Offizieller erhebt, du applaudierst wie alle, ohne Aufsehen, ohne deine Nerven zu erschüttern, du wartest, bis der Offizielle den Mund aufmacht, bis die Reihe der gebührenden und gebotenen Danksagungen beginnt, und dann, genau dann schläfst du ein. Verstelle dich nicht, es soll nichts Exhibitionistisches, nichts Kränkendes dran sein. Du hörst seine Worte, schöne runde Worte, das Pathos der Institution, und langsam, in aller Ehrlichkeit wird dein ganzer Organismus weich und du gibst nach, es versagen deine Augen, dein Kopf, der Stift, den du in der Hand hältst, es versagt dein Oberkörper und folglich versagt auch dein Hals und du bist aufs schönste und stillste eingeschlafen. Das habe ich dir schon gesagt. Und während die Worte durch den ganzen Kongreß und bis in die angrenzenden Säle hallen, schläfst du. Das machen nur wenige, obwohl nur wenige mit offenen Augen dasitzen, denn nur wenige vermögen sich dem Kongreß ganz zu ergeben, die Leute halten gewöhnlich durch, wie der Sand, der von der Brandung immer wieder untergetaucht wird, sie gähnen, haben rote Augenlider, die immer dicker werden und vor der Woge der schönen Worte abwechselnd auf und zu gehen; du aber laß sie sinken, das habe ich dir schon gesagt, neige dich zur Seite, laß deinen Kopf sinken, wo er von Natur aus hinwill, und gib mit deinem ganzen Wesen dem Schlaf nach, sei glücklich, sei ihm ergeben. Streck deine Beine aus, lächle ruhig, wenn du merkst, daß dir ein unbewußtes Lächeln auf die Lippen kommt, dann trittst du mit deiner ganzen Seele hinein in den Kongreß und erfüllst ihn, schüttle dich leicht, wenn applaudiert wird, applaudiere auch, aber ohne wach zu werden, der Applaus ist dazu da, daß man sich herumdreht, sonst schläft man verkrampft ein, applaudiere und dreh dich ein wenig auf die Seite, rücke dein Mäppchen zurecht, damit es nicht hinunterfällt, bewege die Halswirbel, sonst werden sie steif, warte, bis dem zweiten Redner das Wort erteilt wird, bis seine Rede in Fahrt kommt, nicht urteilen, nicht denken, was ist richtig, was ist falsch, nicht denken, ob es vielleicht ein wenig langweilig ist, was er sagt, selbst wenn er über Soziologie oder Pädagogik sprechen würde, das spielt überhaupt keine Rolle, du bist nicht sein Richter, du bist kein Opfer der Langeweile, du protestierst nicht, du stellst keine Forderung, du schläfst einfach ein, während der Kongreß fortschreitet und alle glauben, mit ihm fortzuschreiten. Hörst du mich? Hörst du, was ich dir sage? Dann gratuliere, drück dem die Hand, der am längsten gesprochen hat, informiere dich über die Beiträge, die auf dem Programm stehen, bleib nicht immer auf demselben Platz sitzen, wechsle hin und wieder, schlaf ein wenig hier und ein wenig dort, schlaf auch im Stehen, lehne dich zum Beispiel an eine Wand und laß deine Augen ganz natürlich zufallen, aber fall nicht um, denn du würdest aufwachen, lerne mit dem ganzen Körper an der Wand zu haften und den Kopf baumeln zu lassen. Sollte sich Gelegenheit dazu bieten, so steige auf die Rednerbühne, gib dich als kleineren Offiziellen aus, oder als Redner, der an dem Tag nicht spricht, aber noch sprechen wird, oder als Moderator, das ist nicht schwer, einen Moderator braucht man unter Menschen immer; und stehst du einmal auf der Rednerbühne vor der gesamten Zuhörerschaft, die wach ist, mit offenen oder halb offenen Augen gerade dasitzt, dann hab keine Angst, mit deinem Beispiel voranzugehen, und entspanne dich, laß die Augenlider sinken wie einer, der tief innen an sich selbst denkt, und dann scheue dich nicht nachzugeben, schlafe die ganze Zeit, schlafe auch noch weiter, wenn alle Reden vorbei sind und die Debatte moderiert werden müßte. Fürchte nicht, du hättest keine Manieren, du bist ein Philosoph. Und eines Tages vielleicht, wenn du gelernt haben wirst, ohne Scheu zu schlafen und ohne die Augen schließen zu müssen, wirst du auch ein Schriftsteller sein. Hast du gehört? Das bringe ich dir bei. Darauf gehe zu einem Kongreßteilnehmer. Das habe ich dir schon gesagt, nicht wahr? Wenn der Kongreß zu Ende ist, hast du gewiß jemanden kennengelernt, vielleicht jemanden, der eine Rede gehalten hat, du hast ihm deine Begeisterung mitgeteilt, und er hat dir seine Adresse gegeben, und nun enttäusche ihn nicht, du besuchst ihn als Bewunderer, als Freund, als Schüler; du betrittst sein Arbeitszimmer, setzt dich in einen Sessel, und während er dir eine Zusammenfassung seiner theoretischen Meinung unterbreitet, schläfst du, augenblicklich, ohne etwas zu sagen, ohne aufzuhören, höflich zu sein; er redet zu dir, und du schließt die Augen und schläfst; wenn er zögert und schweigt, schläfst du weiter und bleibst den halben Nachmittag sitzen; er wird auf einmal besorgt sein oder empört, und du ruhig, friedlich, schlummernd. Seine Empörung wird sich schwächen, wenn du, einen Augenblick erwachend, ihm wässerig zulächeln und zunicken wirst, aber du bleibst bis zum Abend. Leg dich aufs Sofa, wenn du willst, verstanden?, garantiere ihm, daß dir nicht übel ist, sondern daß du dich im Gegenteil ganz behaglich fühlst, danke ihm, und dann danke ihm noch einmal, sag ihm, du hättest es nicht eilig, und bleibe bis zum späten Abend, achte nicht auf seine Familie, die herumgeht, nicht auf die Kinder, die näherkommen und dein Gesicht anschauen, achte nicht darauf, wenn sie zu Abend essen, »laßt's euch schmecken«, bleibe wie ein Gast, der nicht beachtet sein will. Das bringe ich dir bei, damit du ein Philosoph wirst und eines Tages veilleicht ein Schriftsteller. Hörst du? Das wird deine Lehre sein, habe ich dir schon gesagt. Und du wirst jeden Tag zu einem anderen Bekannten gehen, und du schläfst überall, wo du hinkommst; du schläfst ohne Rücksicht, ohne Widerstand zu leisten und auch ohne auffallen zu wollen. Dein Schlaf darf nicht von schlechter Laune oder Müdigkeit kommen. Du schläfst, weil du in Frieden mit dir bist und weil du der Geltungssucht der heutigen Zeit nicht nachgibst. Deshalb sage ich dir jetzt: Steh auf, du bist schon seit drei Tagen hier und hast fast immer geschlafen, und das ist gut, hast du verstanden? Das ist gut. Ich habe dich nicht gestört, ich habe dir Gelegenheit gegeben, dich einzuüben; nur wenn du im Halbschlaf warst, habe ich dich unterrichtet. Aber jetzt steh auf, geh auf einen Kongreß, geh zu einer öffentlichen Veranstaltung, geh ins Kino, ins Theater, geh in eine Kneipe und schlafe auf dem Tresen, geh mit deinen Freunden Abendessen und entschlummere beim Reden; such dir einen alten Schulfreund, zeig dich lustig, plaudere, und wenn er plaudert, schließ die Augen und schlafe ein. Und schlafe weiter, auch wenn er schweigt. Am Ende eurer Begegnung mußt du ihn umarmen und »bis bald« sagen und »das war ein schönes Treffen« und »ich bin richtig gerührt, sehen wir uns bald wieder«. Aber jetzt steh auf, ich bin dein Lehrmeister, hörst du mich nicht? Du schläfst jetzt schon drei Tage lang; tüchtig!, das muß ich anerkennen, aber jetzt gehst du hinaus, ich befehle es dir, denn ich muß schlafen. Ich unterrichte dich schon drei Tage lang, anstatt nichts zu tun, anstatt ganz und gar in Unordnung dahinzuleben. Hörst du mich?

29. Avantgarde

Ein Schriftsteller der Avantgarde haßte das Schreiben; da nahm er ein Buch und schrieb es noch einmal, aber umgekehrt, vom letzten bis zum ersten Wort; darauf ging er ziemlich erregt zur Dauertagung der Avantgardeschriftsteller. Die Tagung fand damals in einem Kellerraum unter einer Gasse statt, in drei Meter Tiefe unter dem Erdboden, und die Avantgardeschriftsteller kamen und gingen in einem fort, denn die Tagung war nun schon mehr als zwanzig Jahre in Gang und dauerte weiter an, ohne daß man ihr Ende hätte absehen können. Die Avantgardeschriftsteller waren zu acht, wenn man nur die zählte, die geblieben waren.

Also der Schriftsteller, der das Buch umgekehrt geschrieben hatte, betrat ziemlich erregt den Raum. Zwei Schriftsteller waren zusammengetreten, und die Enthüllung des umgekehrt geschriebenen Buches wirkte wie eine Bombe, die alle in Erregung versetzte. Als noch weitere vier Schriftsteller kamen, lasen sie es ebenfalls erregt, und die Erregung der sieben Schriftsteller hielt bis zum Abend an, bei einigen von ihnen sogar bis spät in die Nacht hinein.

Der achte Schriftsteller war nicht anwesend, weil er an einem Buch arbeitete, dem er mit der Schere die Seiten zur Hälfte wegschnitt. Als er am nächsten Morgen in aller Frühe ankam, war niemand da, obwohl die Tagung nicht aufhörte stattzufinden. Der Schriftsteller mit dem zerschnittenen Roman bebte vor Erregung; um elf erschien ein schläfriger, aber schon leicht erregter Schriftsteller, denn dies war das Merkmal der Avantgarde, sich immer in einem glühenden Zustand der Erregung zu befinden und scharf auf Tagungen und Skandale zu sein. Als er das zerschnittene und halbunleserliche Buch sah, brach er in Jubelrufe aus, wobei er feuerrot wurde und ein wenig wirr redete. Auch der Schriftsteller, welcher der Autor des Schnitts war, redete schon wirr, und so machten sie sich daran, mit größter Emphase so sinnloses Zeug zu sagen, daß es ihnen binnen kurzem ziemlich schlecht ging und sie eine Trombose riskierten. Sie waren auch nicht mehr die Allerjüngsten; seit ihrer Geburt am Anfang des zwanzigsten Jahrhunderts gehörten sie zur schriftstellerischen Avantgarde; daher waren ihre Herzkranzgefäße ermattet und bei beiden hatte sich die Aorta verdickt.

Als die anderen sechs Schriftsteller am Nachmittag eintrafen, leisteten sie erste Hilfe, ohne daß deshalb die Tagung unterbrochen worden wäre. Als sie das zerschnittene Buch sahen, wurden sie ebenfalls euphorisch und es wurde nach dem Ablesen eines kurzen theoretischen Satzes auf der Stelle eine Grammatik angezündet: sie hielten sich nämlich in einem Regal eine Reihe von Grammatiken, die bei festlichen Anlässen entweder angezündet oder malträtiert oder in die Luft geknallt wurden, und ein Wörterbuch, das mit Füßen getreten wurde, falls Gäste da waren. Der Einband eines Buches wurde zerrissen, Tinte über den Tisch geschüttet, kleine Gummis und Papierbällchen wurden durch die Luft geschossen, einige Buchstaben des Alphabets zur Tür hinausgeworfen; es wurde eine Erklärung abgegeben, aber der sie abgab, hatte den kurzen Atem eines Herzkranken. Daraufhin beriefen sie sich für den nächsten Tag wieder ein, denn, so sagten sie, infolge der letzten avantgardistischen Ereignisse müsse der – historische – Stand der Dinge auf den Punkt gebracht werden.

30. Sommerlicher Nazifaschismus

Der Nazifaschismus war ein Regime, das bis 1945 in ganz Europa wütete und alle Länder in der Zange hatte. Nach 1945 lebt der Nazifaschismus – so sagt ein Schriftsteller – weit entfernt davon, vollkommen verschwunden zu sein, jedes Jahr im Juli wieder neu auf und treibt ihn, seine Frau, seinen Sohn, seine Schwiegermutter, den Schwager mit Frau und zwei Kindern in die Konzentrationslager, zusammen mit vielen anderen, mindestens die Hälfte der Bevölkerung. Das Neue daran ist im Vergleich zum alten grausamen Vorkriegsnazifaschismus, daß sich die Bevölkerung, wenn auch unter großen Qualen, freiwillig in die Konzentrationslager begibt, und daß keine Waffen, keine Gestapo und kein SS-Aufgebot nötig sind. Heute liegen die Konzentrationslager außerhalb an den Meeresstränden und es sind nicht mehr die alten Lager; aber die Namen sind ebenso berüchtigt: Rimini, Miramare, Cattolica, Milano Marittima, Fregene, Ostia Lido, Viareggio, San Remo, Lignano Sabbiadoro, Costa Smeralda, Costa Brava, Costa del Sol, Riviera del Conero ... Die Reihe nimmt kein Ende, weil immer wieder neue Lager entstehen. Der Schriftsteller sagte, er sei schon in viele deportiert worden: eines Tages wird jemand ein vollständiges Verzeichnis aufstellen, damit die Bulldozer alle einreißen, sie samt ihrem effizienten Apparat, damit ihre höllischen Einrichtungen dem Erdboden gleichgemacht, ausradiert werden, nicht ausradiert jedoch aus dem Bewußtsein der Bürger. Im Sand muß wenigstens ein Gedenkstein stehen, zur Erinnerung an das große Leiden und die Unmenschlichkeiten.

Um die Wahrheit zu sagen, der Nazifaschismus beginnt in der Stadt schon Ende Juni spürbar zu werden, und manchmal erscheint die erste Welle auch schon früher; das Thermometer steigt, man schwitzt, man atmet schwerer, man redet nur von der Hitze, schweigt vom kommenden Nazifaschismus. Viele alte Leute sterben sofort, zum Beispiel beim Treppensteigen. Sie setzen sich in der Mitte eines Treppenabschnitts nieder und ihr Herz versagt, wodurch dem eugenetischen Programm zuvorgekommen wird. Diese Leute, sagte der Schriftsteller, haben gewissermaßen Glück: Manchmal beneide er sie – sagte er – so zu sterben, ohne viel leiden zu müssen, ohne das Schlimmste erlebt zu haben. Der Nazifaschismus wirkt so durch die Hitze auf die Bevölkerung ein, daß sie gebrochen ist, apathisch und willenlos wird. Der Schriftsteller würde dem

Nazifaschismus gern entkommen, indem er sich zum Beispiel in einen Keller flüchtet; und während draußen und überall den ganzen Juli und den ganzen August der Nazifaschismus wütet und das Volk schuldlos leidet, würde er im Zwielicht bleiben mit ein wenig Essen, einem Feldbett, ein paar Büchern und ein paar Illustrierten. Oder wie Anne Frank in einem fensterlosen Zwischengeschoß ein Tagebuch schreiben. Der Nazifaschismus würde ihn suchen, aber er würde sich geräuschlos verhalten; und wenn er auch zufällig lachen müßte, würde er leise lachen, nur mit dem Atem wie Anne Frank; und sollte ein wenig Nazifaschismus durch die Ritzen eindringen, wäre es doch so wenig und würde nicht für seine Deportation ausreichen. Man beachte, daß rechtlich gesehen alle frei sind. Aber der Nazifaschismus, so sagte der Schriftsteller, benütze in erster Linie seine Schwiegermutter, die übt Anfang Juni Druck auf ihre Tochter (die Frau des Schriftstellers) aus, die wiederum Mitte Juni Sorgen bezüglich ihres jungen, verletzlichen Sohnes äußert. Dem schließt sich gewöhnlich der Schwager mit Frau an, wegen ihrer zwei Kinder. Der Schriftsteller schlägt dann vor: Gehen wir alle in den Keller, das hat Anne Frank auch gemacht. Aber alle möchten nur eines, nämlich sich ergeben, denn die Zange des Nazifaschismus dauert an, es scheint keinen Ausweg zu geben. Was tun wir? fragt man sich kollektiv. Und die Antworten sind kollektiv. So findet im Juli die erste große Razzia statt, unter der Faust des gnadenlosen Nazifaschismus glühen die Autos im Stau auf den Autobahnen, stöhnen die Motoren mit der Klimaanlage, wird der Asphalt zu Brei, werden die Familienoberhäupter zu Brei, die ideologisch gesehen Widerständler wären. Das Merkwürdige daran ist, daß man mit dem vagen Gedanken flieht, es ginge nun in die Freiheit. Aber die Küsten sind samt und sonders nazifiziert; wo es eine Straße gibt, sie braucht nicht groß zu sein, die dorthin führt, ist sicher schon ein Konzentrationslager in Betrieb; nicht so berühmt, womöglich; aber was macht das aus? Freiheit gibt es vielleicht noch in einigen salzigen Sümpfen, auf Vorgebirgen, wo die Ölreste angeschwemmt werden: Aber würde meine Schwiegermutter dort hinfahren? – fragte der Schriftsteller – Und meine Frau und ihr Kind? Lest Anne Frank! sagte der Schriftsteller immer wieder während der Deportationsfahrt auf der großen Umgehungsstraße, im Stau wie Tausende, ja Millionen von anderen. Aber da ist das berüchtigte Rimini, da Gatteo Mare, da Lido di Camaiore. Es gibt keine Orte, die besser sind als die anderen, die nazifaschistische Propaganda trichtert ein, es gebe Feriendörfer, in denen man sein ganzes Leben bleiben wolle. Der Schriftsteller sagte, instinktgemäß wollte er fliehen: diese Wohnungen, die keine sind, mit ihren durchbrochenen Ziegelsteinen, die Hitze speichern und dann die ganze Nacht über langsam abgeben, mit dem schlaflosen Surren der Stechmücken, dem Tagesanbruch unter praller Sonne, so sagte der Schriftsteller, wenn sich sein Blick mit dem des Schwagers kreuzte, der ebenfalls dieses Lebens müde und im Grunde Antifaschist war.

Der Nazifaschismus ist ein komplexes und unpersönliches System; es gibt also keinen Verantwortlichen. Wenn den Oberen und den Folterknechten einmal der Prozeß gemacht wird, wird sich nur herausstellen, daß alle Opfer sind, selbst die unsympathischen Bademeister, der Wucherer, der dir einen Liegestuhl ausleiht, sie sind auf der Stelle zu erschießen, um das Menschengeschlecht zu befreien, die Mädchen im Bikini, die auf den Kähnen sitzen, die armen, wofür sollten die verantwortlich sein? Für nichts. Und der Schriftsteller saß Stunde um Stunde unter der sengenden Sonne und im glühenden Sand zusammen mit seiner Familie und den angrenzenden Familien, ohne etwas zu tun, in der Lage des Ergebenen, bis die Sonne schwächer wurde und man sich auf eine weitere Nacht vorbereitete. Der Nazifaschismus ist nicht so, wie er in den Schulbüchern steht: das heißt, er ist durch die Landung der Angloamerikaner und durch die Offensive der Russen nicht ganz ausgelöscht worden. Der Schriftsteller sagte, für ihn habe er angefangen, als er noch klein war und seine Mutter schon die Deportation zum Baden für Juli und August organisierte, aber nicht weil sie eine Nazifaschistin gewesen wäre. Seine Mutter sei apolitisch gewesen. Aber der Nazifaschismus lebte wieder auf als Verpflichtung den Kindern gegenüber, die an die Riviera geschickt und dort in Kinderkolonien zusammengepfercht werden mußten, um zu leiden und ihre schwächliche Konstitution öffentlich herzuzeigen.

Im Herbst kommt der Nazifaschismus gewöhnlich zur Ruhe, die Konzentrationslager stehen leer und bleiben außer Betrieb. Das Meer zertrümmert manchmal die Badeanstalten, die Zäune, die Hütten und die makabren Schilder: Bagno Sirena, Bagno Odysseus, Bagno Marisa; Kabinen, Haufen von Liegestühlen und Sonnenschirmen, die Strandbars samt Terrasse nimmt das Meer mit. Mitten im Winter sah man den Schriftsteller allein spazierengehen und mit analytischem Blick und neu erwachender Hoffnung die Schäden in Augenschein nehmen, die der Wind und die Sturmfluten angerichtet hatten.

31. Eine Zeitschrift gründen

Wenn die Schriftsteller ein gewisses Alter erreicht haben, wollen sie eine Zeitschrift gründen, um vor anderen Schriftstellern den Chef spielen zu können. Also rufen sie eine gewisse Anzahl von anderen Schriftstellern zusammen und wiegeln sie auf. Die Idee einer Zeitschrift hat immer eine magnetische Wirkung auf die Schriftsteller, so kommen sie gewöhnlich höchstpersönlich herbeigeeilt.

Zu den folgenden Sitzungen rufen die herbeigeeilten Schriftsteller andere in jener Provinz ansässige Schriftsteller, damit auch sie jemanden haben, vor dem sie sich als Chef aufspielen können. Aber die Schriftsteller aus der Provinz treffen unterwegs immer einen streunenden Schriftsteller, den sie mitnehmen können und den sie dann, wenn auch nur vorübergehend, befehligen. Deswegen gelingt es bei den Sitzungen auf irgendeine Weise allen, sich als Chef aufzuspielen, denn auch die streunenden Schriftsteller erscheinen selten allein. Gewöhnlich ziehen sie in der letzten Minute einen an der Jacke, der noch nicht weiß, daß er ein Schriftsteller ist, und nehmen ihn als ihren besonderen Untertanen mit, der neben ihnen auf einem etwas niedrigeren Stuhl ohne Armlehnen sitzen muß. Dieser aber, auch wenn er tiefer und lehnenlos sitzt, fühlt sich de iure und de facto als Schriftsteller, und so sucht er mit den Augen nach einem, der zufällig in diesen Saal geraten ist, jemand, der in der falschen Sitzung sitzt oder jemand, der sich in dem großen Haus verlaufen hat und den Ausgang nicht findet, der ganz unschuldig hier eingetreten ist, um sich auszuruhen. Diese sich verirrenden Individuen, typisch für die modernen Gebäude, erkennt man daran, daß sie gutmütig lächeln und sich aufmerksam stellen, während sie in Wirklichkeit hier ihre Mittagspause verbringen und ihr Gesichtsausdruck sich nicht einmal bei dem Wort »Zeitschrift« oder dem Wort »vierteljährlich« oder bei den Worten »vierteljährliche Kulturzeitschrift« verändert, und somit kann der Schriftsteller, der sie mit den Augen sucht, auch wenn er etwas tiefer und ohne die Bequemlichkeiten der Armlehnen sitzt, sie sofort erkennen und sich ihnen gegenüber wohlwollend zeigen, indem er ihnen zuzwinkert, als seinen noch ein wenig tatenlosen Untertanen, an die er jedoch mit allen Kräften glaubt, für die Zukunft der Zeitschrift, der Kultur und des Vierteljahres, was auch immer.

Solche Gestalten, Frucht des reinen Zufalls, sind aber selten, wegen ihres Fehlens geschieht es, daß die Schriftsteller, die im letzten Moment an der Jacke hineingezogen wurden und die tiefer sitzen, während der Sitzung sich auf einmal beklagen und sagen, die Sitzung müsse zum Beispiel erweitert werden. Daraufhin ziehen sie verlassene Arbeitslose heran, die im Lesen und Schreiben nicht ganz sicher sind, sie versprechen ihnen, bei der Sitzung gebe es zu essen und dann würde man mit den Schriftstellerinnen tanzen; in Wirklichkeit wollen sie sich als Chef aufspielen und sie überzeugen, daß auch ein Analphabet in gewissem Sinn Schriftsteller sein kann, er brauche sich nur ruhig zu verhalten, bescheiden in einer Ecke zu sitzen und Geduld zu haben.

Die Kategorie der verlassenen Analphabeten spielt eine wichtige Rolle bei der Gründung von Zeitschriften, denn auf ihnen ruht das gesamte System des redaktionellen Sich-als-Chef-Aufspielens. Ohne verlassene Analphabeten entsteht und dauert keine Zeitschrift.

Und trotzdem erlebt man merkwürdigerweise folgendes Phänomen: Die Analphabeten haben gewöhnlich einen Hund, und auch wenn der Hund von der journalistischen Tätigkeit und dem mutmaßlichen Geschlechtsverkehr mit den Schriftstellerinnen ausgeschlossen ist, so bringen diese Hunde, die in der Redaktion herumschwänzeln, Ruhe und eine allgemeine Beschwichtigung bei allen, die sich ganz wild als Chef aufspielen wollen.

Es kommt auch vor, daß manche Schriftsteller, wenn sie ein gewisses Alter erreicht haben, keine Zeitschrift gründen und sich einen Hund anschaffen.

32. Pakt mit dem Teufel

Ein Schriftsteller hatte einen Pakt mit dem Teufel geschlossen, oder er sagte wenigstens so. Und der Teufel besuchte ihn oder ließ sich von ihm besuchen – immer in der Gestalt eines schönen Mädchens. Der Pakt sah vor, daß er als Schriftsteller immer ein Versager bleiben würde, sowohl hier in der Gegenwart als auch im Jenseits, aber dafür seine sexuellen Gelüste am Teufel würde auslassen dürfen. Der Schriftsteller konnte den Teufel zu jeder Nacht- und Tageszeit anrufen; dann ging er zu der Adresse, die er bekommen hatte, darauf erfolgte das Auslassen der sexuellen Gelüste, das normalerweise in größter Erregung vor sich ging, weil der Schriftsteller nichts anderes im Kopf hatte als die besondere Schönheit des Teufels und er wegen dieser Obsession nie Ruhe fand.

Der Teufel hatte verschiedene Telefonnummern, die fand der Schriftsteller in einem Wochenblättchen mit Anzeigen, das ihm gratis jeden Montag zugestellt wurde; und zu den Nummern gehörten immer wieder andere Phantasienamen, die ihn aufs höchste erregten: Irma, Bianca, Mercedes, Ramona, Patrizia, und Sätze wie: Patrizia erwartet dich von vierzehn Uhr bis einundzwanzig Uhr oder: Mein Name ist Sabrina, ich bin sehr schön; mein Name ist Ramona, ich bin allein, ruf mich an.

Der Teufel empfing ihn manchmal zum Beispiel mit einem prachtvollen Hintern ausgerüstet; ein andermal mit Bleistiftabsätzen, die der Schriftsteller anbetete und küßte. Manchmal hatte er glatte und zarte Beine wie eine Filmschauspielerin, manchmal war er ganz und gar eine schwarze Mulattin aus Rio de Janeiro oder eine minderjährige Erwachsene, die nach Pfeffer und Zucker schmeckte oder eine unsäglich blasse und unsäglich schöne Österreicherin, die zum Beispiel nur Österreichisch sprach, so daß sie wenig redeten. Der Schriftsteller untersuchte sie in allen verborgenen Winkeln, vorne und hinten, er befühlte die Neuheiten und so einige geniale höllische Wonnen; er atmete den perversen Duft des Geschlechts ein, suchte nach der Spur eines Schwanzes zwischen den Hinterbakken und dem Steißbein. Und während dieser Untersuchungen erhitzte sich sein Kopf zum Beispiel wegen der blonden Härchen und der darunter befindlichen Feuchtigkeit derartig, daß er den Teufel sofort besprang und sich mit all seiner Kraft und Schnelligkeit austobte.

Natürlich kam er dann nach Hause und sagte: Ich bin ein Versager; ich werde sterben wie die hinterletzte Wanze und werde nicht auf ewig leben wie Dante Alighieri.

Der Teufel unterwarf sich, wie es der Pakt vorsah, jeglicher sexuellen Erscheinungsform, wie auch immer die Gelüste des Schriftstellers sein mochten, weswegen sie einander auch umgekehrt vereinten oder im Auto in wenigen Minuten oder im Fahrstuhl oder der Teufel trat in Leder gekleidet auf und der Schriftsteller peitschte ihn und brüllte; er hieß ihn urinieren, um ihn ansehen zu können, wenn ihn dessen weibliches Aussehen dazu inspirierte. Dann legte der Schriftsteller Geld auf den Tisch, denn das gehörte zum sexuellen Genuß. Dieses Geld bekam er dann über einen sogenannten Verleger wieder zurück, für den er wöchentlich in allen Einzelheiten beschrieb, wie sein sexueller Verkehr mit dem Teufel gewesen war, und genauestens, auf welche verschiedenen Arten er ihn besprungen hatte.

Der Verleger war in Wirklichkeit der Kämmerer des Teufels und druckte auch das Wochenblättchen mit den Anzeigen, in dem er unter anderem auch die sexuellen Schriften des gescheiterten Schriftstellers veröffentlichte. Und nur wegen dieser Schriften konnte er sich überhaupt noch einen Schriftsteller nennen; aber um sie zu schreiben, mußte er sich gar nicht anstrengen, was hingegen Dante Alighieri sein ganzes Leben getan hatte; eigentlich war das Schreiben für ihn jedesmal ein Genuß, was sich von Dante Alighieri nicht sagen läßt.

33. Reise mit Gespenstern

Zwei etwas unbesonnene, phantastische Schriftsteller beschlossen, zu Fuß um die Welt zu wandern und brachen eines Junimorgens in aller Frühe vom Ufer des Flusses auf, an dem ihr Heimatdorf gelegen war. Sie gingen ostwärts der Sonne entgegen, weil sie gehört hatten, daß die Reise um die Welt in dieser Richtung kürzer sei. So gingen sie unbehelligt dahin, einer hinten und der andere vorne, wobei sie Abkürzungen und Nebenwege suchten.

»Meinst du, wir müssen lang gehen?« fragte der zweite Schriftsteller.

»Ziemlich«, antwortete der erste.

»Und in den Wüsten, finden wir da was zu essen?«

»Ich hoffe schon.«

Als es dann Nacht wurde, sahen sie in der Ferne ein Licht. Es war ein Haus auf einem Flußdamm. »Dürfen wir?« fragte der erste Schriftsteller. Niemand antwortete; der zweite Schriftsteller gab der Tür einen Stoß. Sie war offen, und die beiden traten ein. Der Tisch war für zwei gedeckt, und die Suppenschüssel dampfte, servierbereit. »Jemand da?« sagte mehrmals der erste Schriftsteller. Weil aber niemand da war und sie Hunger hatten, nahmen sie Platz; der erste Schriftsteller etwas zögerlich, der zweite mit den Worten, das Abendessen werde kalt. In der Suppenschüssel waren Linsen und Wurst. »Köstlich«, sagte der zweite Schriftsteller, und auch der erste sagte: »Ja, genau das Richtige.« Eine eben entkorkte Flasche Wein stand da und die tranken sie leer. Dann stocherten sie in ihren Zähnen, weil zwei Zahnstocher auf dem Tisch lagen. In dem Moment kam aus der Küche feinster Kuchenduft. Es war nämlich ein Apfelkuchen im Rohr, der in dem Moment fertig gebacken war; er wurde herausgeholt und gegessen; sonst wäre er verbrannt, sagte der zweite Schriftsteller. Sehr befriedigt und sorgenfrei stocherten sie aufs neue in ihren Zähnen und sagten, ihre Reise um die Welt habe gut angefangen und das Glück sei an ihrer Seite.

Der erste Schriftsteller fragte sich: »Wer mag wohl in diesem Haus wohnen?«

Der zweite antwortete: »Wir haben nichts Schlimmes getan.«

»Warum war der Tisch gedeckt?«

»Es wird schon Gründe geben, die wir nicht wissen können.«

Als sie dann ins Bett gingen und sich in zwei frisch überzogene Betten legten, die eigens für sie gemacht schienen, konnte der erste Schriftsteller lange nicht einschlafen, weil es ihm vorkam, als wäre alles ein Märchen und sie beide wären mitten drin. Auch der zweite schlief nicht sofort ein, weil er hörte, wie sich der erste in seinem Zweifel hin und her wälzte. Aber allmählich schliefen beide ein und schliefen tief und bewußtlos. Sie merkten nichts von dem Getrappel, den kleinen Schritten um sie herum, dem Geklapper der Teller und dem Wasserrauschen, nichts von dem Geräusch, das einer oder eine machte, der die Brösel zusammenfegte und die Möbel abstaubte; nichts von dem Gewisper, dem Rascheln der dürren Blätter, vom unterdrückten Gelächter und dem Zuschlagen von Fenstern und Türen. Sie hörten gar nichts; und der erste Schriftsteller hörte nicht einmal den zweiten, der im Schlaf hustete und rotzte. Als hätte ihnen jemand Schlafsand in die Ohren und in die Augen gestreut.

Am nächsten Morgen, als die Sonne schon hoch oben stand und die Morgenröte schon eine Weile vom Himmel verschwunden war, öffnete der erste Schriftsteller die Augen und dachte an ihre Reise, dann schüttelte er den zweiten, der nicht aufwachen wollte. Sie sprangen beide ein wenig verwirrt aus dem Bett.

»Jetzt wäre ein Frühstück recht.« Das Frühstück stand auf dem Tisch. Und in dem Moment merkten sie, daß sie schon wieder zu Hause waren, denn es war auch die alte Magd da, die schimpfte, denn sie hatte sie am Abend vorher nicht um die gewohnte Zeit nach Hause kommen sehen. Also hatte sie das Abendessen warmgestellt und war wie gewöhnlich ins Bett gegangen.

Der zweite Schriftsteller sagte, während er seinen Kaffee trank, die Welt sei wahrscheinlich klein, viel kleiner als man denke.

Der erste sagte, aber so klein, das habe er nicht gewußt. Vielleicht waren sie über eine Abkürzung gegangen. Wer weiß!

Der zweite fügte hinzu, auf jeden Fall sei er froh, denn er habe schon Angst gehabt, sie müßten ohne Abendessen ins Bett.

34. Reise mit den Nadelstechern

Zwei etwas unbesonnene, phantastische Schriftsteller, die um die Welt reisen wollten, kamen eines Abends zu einem unbewohnten Haus. Es war eine Mondnacht, und man sah so gut wie bei elektrischem Licht. Sie gingen hinein; die Tür war offen. Der Mond beleuchtete auch das Innere, denn das Haus hatte kein Dach und die Mauern waren zum Teil eingefallen.Die zwei Schriftsteller setzten sich auf einen Balken; aus einem Säckchen holten sie Brot und

Oliven hervor und sahen, daß der Boden so sauber war, als wäre das Haus bewohnt.

»Wird wohl der Wind sein, der hier ausfegt«, sagte der erste Schriftsteller.

»Wird die Sekte der teuflischen Kinder sein, die in den verlassenen Häusern wohnen«, sagte der zweite. »Es gibt Kinder, die schon bei ihrer Geburt Vater und Mutter hassen, da es die ersten menschlichen Wesen sind, die sie sehen; sobald sie können, reißen sie von zu Hause aus und leben versteckt in den Ruinen. Sie schlafen tagsüber und nachts sind sie unterwegs.«

»Wird die Sekte der Nadelstecher sein«, sagte der erste Schriftsteller, während er Brot und Oliven kaute. »Es gab in dieser Gegend eine Sekte, die aus einer theologischen Überzeugung heraus die Leute mit Nadeln stach.«

»Mit Nadeln?« wiederholte der zweite Schriftsteller beeindruckt.

»Ja, mit Wollnadeln«, sagte der erste Schriftsteller und schüttelte die Brösel auf den Boden, er freute sich, seinen Kollegen beeindruckt zu haben.

In dem Moment sahen sie beide ein altes Weiblein und ein altes Männlein, die neben einem Ofen saßen, aber sie waren so klein, daß sie ihnen nicht aufgefallen waren. Der erste Schriftsteller sagte: »Guten Abend. Entschuldigt.« Aber die zwei alten Leutchen schienen ihn nicht zu hören. Der zweite Schriftsteller wiederholte: »Guten Abend« mit viel lauterer Stimme. Sie schienen schwerhörig zu sein und es schien auch, als hätten sie die zwei Besucher nicht bemerkt. Aber untereinander sprachen sie; der erste Schriftsteller sagt auf deutsch, er sagt, es sei deutsch gewesen, wenn auch nicht ganz richtig in der Aussprache, denn es klang wie ein gutturales Gegurgel. Auf einmal standen die zwei alten Leutchen auf und begannen die Brotbrösel aufzulesen, die am Boden lagen. Lange berochen sie das

Papier, in das die Oliven eingewickelt waren, und machten ihre Glossen darüber. Als dann alles sauber war, öffneten sie das Ofentürchen und stiegen hinein in den Ofen. Und ihre winzigen Stühle nahmen sie mit. Verwundert schaute der erste Schriftsteller in den Ofen. Er sah nichts. Ehrfürchtig rief er sie zwei- oder dreimal: er wollte wissen, wer sie seien, ob sie Deutsche seien. Dann sagte er, er habe Angst, er bekomme einen ihrer Stühle ins Gesicht geworfen, denn man dürfe eigentlich die Leute nicht in den eigenen vier Wänden belästigen. Der zweite Schriftsteller schaute auch in den Ofen, und als er nur Finsternis sah, fuhr er mit der Hand hinein, um sie zu fassen und auszufragen: ob sie ein Scherz der Natur seien oder eine Rasse; ob sie allein da wohnten oder mit anderen; warum sie sich im Ofen verstecken und warum sie herausgekommen seien. Der Schriftsteller hatte seine Hand hineingesteckt, aber er zog sie sofort wieder heraus, denn sie hatten ihn gestochen, unter den Fingernagel, wie er sagte. Und er jammerte den ganzen Abend, weil er nun einen Wundstarrkrampf riskierte.

Dann schliefen sie; der zweite Schriftsteller wälzte sich ständig hin und her, wegen der Stiche; obwohl der erste einen schweren Stein vor den Ofen geschoben hatte.

Das erzählten sie übereinstimmend von ihrer Reise um die Welt, auch wenn nicht bekannt ist, daß sie sich je von zu Hause entfernt hätten. Die Welt, so sagten sie, ist seltsam und auf seltsame Weise bewohnt. Besonders wenn man in den unbekanntesten Winkeln des Gartens der Schriftsteller Rast macht.

35. Schriftsteller auf dem Baum

Sieben Schriftsteller waren eines Tages zusammen auf dem Land und, nachdem sie gewandert waren, setzten sie sich in den Schatten eines Baumes. Auf dem Baum war zufällig ein Schriftsteller, der sich geräuschlos inspirieren ließ. Nachdem die Schriftsteller unter dem Baum über Literatur und Kunst diskutiert hatten, schliefen sie ein. Auch der Schriftsteller auf dem Baum schlief ein, so tief, daß er auf einmal mit einem großen Krachen mitten unter die anderen Schriftsteller fiel. »Ich bin Schriftsteller«, sagte er, während er sich erhob. Da die Sache nicht glaubwürdig erschien, ging er hinkend und schnaubend von dannen, wähend die anderen zwischen die Zweige spähten, ob dort noch andere sogenannte Schriftsteller ihr Nest hatten.

Sie sahen tatsächlich zwei, Freunde des ersten Schriftstellers, die nicht herunterkommen wollten. Die sieben Erdschriftsteller begannen den Baum zu schütteln, bis einer ins Gras fiel; er war klein und grünlich und jammerte mit einer kränklichen, unangenehmen Stimme. »Laßt mich in Ruhe«, sagte er. »Was hast du auf dem Baum gemacht?« fragten die sieben Schriftsteller. Aber er sagte wieder: »Laßt mich in Ruhe« mit einem so faden und unsympathischen Gesicht, daß sie ihn gern richtig versohlt hätten. Ein Schriftsteller berührte ihn mit dem Fuß, und er fing an zu greinen, als ob ihn eine Maus gebissen hätte. Um ihn zur Ruhe zu bringen, drohten sie ihm mit einem Schuh, und er sagte immer wieder: »Laßt mich in Ruhe« und greinte so laut, daß der andere Schriftsteller, sein Kollege, vor Angst auf seinem Ast Wasser zu lassen begann und einen Erdschriftsteller von Kopf bis Fuß durchnäßte. »Komm herunter«, sagten sie zu ihm, während er weiter naß machte. Sie schüttelten den Baum; dann stieg einer von ihnen hinauf, hochgeschoben von den anderen, die eine Menschenpyramide gebildet hatten. Die Erdschriftsteller hatten ihre Schwere, die Inspiration war ihnen fremd, sie dachten sogar, so was gäbe es überhaupt nicht, und folglich waren ihnen Bäume durchaus nicht vertraut. Als nämlich der Erdschriftsteller beinahe bei dem sogenannten Baumschriftsteller angekommen war, brach die Menschenpyramide zusammen, und der Erdschriftsteller blieb über der Leere an einem Ast hängen. »Helft mir, ich falle hinunter«, schrie er. »Warte noch ein bißchen mit dem Fallen«, sagten die anderen, während sie sich steif und verärgert erhoben. »Ich kann mich nicht mehr festhalten«, schrie der am Ast Hängende, »ich kann mich nicht mehr festhalten.« Die fünf unten Stehenden nahmen ein Tuch und spannten es aus, so wie es die Feuerwehrleute machen, wenn ein Mietshaus brennt und sie die Mieter auffordern, aus dem Fenster zu springen. »Spring runter!« schrien sie. »Nein, ich springe nicht.« »Spring runter!« »Nein.« Bis er dann doch sprang; mit einem solchen Schrei, daß die Erdschriftsteller instinktiv erbebten und einen Schritt zurück taten, so daß das Tuch nicht gespannt blieb. Er fiel genau in die Mitte, aber es war, als würde er auf die Erde fallen, weil sie beinahe losgelassen hatten. Der Schrei brach auch mit einem Schlag ab. Um die Wahrheit zu sagen, die Höhe war nicht beachtlich, aber der Schriftsteller war schwer, vielleicht nicht so schwer wie die sechs auf der Erde Gebliebenen, aber trotzdem schwer genug, um beinahe entseelt liegen zu bleiben. Also legten sie ihn samt seinen Schmerzen, aber lebendig auf das Tuch und begannen den Baumschriftsteller zu beschimpfen, der ihm hätte helfen können, wie es unter Kollegen der Brauch ist, der sich aber lieber in eine größere Höhe zurückgezogen hatte. »Warum hast du ihm nicht geholfen?« schrien sie. Und der andere: »Was wollt ihr?« »Warum hast du ihm denn nicht deine Hand hingestreckt?« »Was für eine Hand?« »Warum hast du mit deinem Fuß die Äste geschüttelt?« »Was für ein Fuß?« Sie warfen einen Stein nach ihm, aber der schlecht gezielte Stein fiel auf den beinahe entseelten Schriftsteller, der sich aufrichtete und mitzuschimpfen begann. »Affe«, sagte er.

Schließlich wurde eine Stange gefunden, denn nun waren alle wutentbrannt, und auch der auf dem Tuch liegende Schriftsteller hatte sich wutentbrannt aufgesetzt. Es war fünf Uhr nachmittags an jenem Sonntag; die Stange war so lang und so schwer, daß sie nur zu fünft damit herumfuchteln konnten, während der sechste sie aus einiger Entfernung lenkte; der siebte, der auf dem Tuch Sitzende, sorgte mit ideologischen Slogans, Anklagen gegen die Höhe der Inspiration für die konstante Erhitzung der Gemüter, wobei sich die Schimpfnamen um die Idee des Affen oder wenig mehr drehten, immer gegen den Schriftsteller gerichtet, der mittlerweile auf der äußersten Wipfelspitze schwankte. Lange versuchten sie ihm mit der Stange auf den Leib zu rücken oder ihn mit der Spitze seiner schwankenden Lage zu entheben, wodurch sie aber nur erreichten, daß er Wasser und Speichel verlor, was, da es einen von ihnen oder den Kollegen auf dem Tuch traf, die Empörung und die Unverträglichkeit ihrer Wesensart immer wieder neu entzündete.

Bis es dann Abend wurde und, da jeder seine Frau hatte, der Schriftsteller auf dem Baum gelassen wurde. »Er soll ruhig oben bleiben; was liegt uns daran? Ist uns doch egal.« Die sieben Schriftsteller gingen nach Hause.

So weit kommt es, überlegte währenddessen jeder bei sich, wenn man nur die Inspiration hat und keine Frau!

V.
UNTERRICHT IM NEID

Wenn du dann vorhast, mit dem Schriftstellerpack zu verkehren, was du, glaube ich, ja schon machst, oder? … Du verkehrst doch mit der feinen Welt der Schriftsteller in der Hauptstadt? Du kennst doch den Schriftsteller …? Na, also wie heißt er gleich? Der in der Hauptstadt wohnt, der kleine, stämmige, der Frauenheld, wie er selbst sagt … wie heißt er gleich? Sag schon! Der Berühmte; ein bißchen gedrungen ist er, ungefähr neunzig, ein müdes Gesicht, wie ein alter Mann, sieht aus wie hundert. Namen kann ich mir nicht …, na wie heißt er denn? Der kommt doch überall vor, sogar in den Stadtführern: In diesem Haus wurde er geboren, *heißt es,* hierher kommt er zum Essen, *mit der …, wie heißt sie gleich? Die Schriftstellerin meine ich … seine Konkubine, dieses schreckliche Stück; wenn sie interviewt wird, sagt sie:* Ich und er … eine starke Bindung … das Schreiben … ich und er, wir lesen einander alles vor …, seine Hände … *wer weiß, was da dran ist! Übrigens kurze, klobige Finger. Und sie sagt:* … seine Hände … auf der Schreibmaschine, die mich dann streifen … *Aber wenn sie auf der Maschine schreiben, wie sollen sie dich dann streifen! Aber außerdem, der muß ein Arschloch sein! Schon allein bei dem Gesicht, immer engagiert, immer im Dienst. Seine Augenbrauen, ganz verzwirbelt … Er kommt in allen Modejournalen vor, denn er ist DER SCHRIFTSTELLER und wenn sie einen Schriftsteller brauchen, dann kommt er dran, denn sie haben ihn schon gespeichert. Er dürfte an die hundert Bücher geschrieben haben, alle gleich:* Ich ging nach Hause, ich steckte mir eine Pfeife an … *Fünfzig Bücher, alle in der Art:* Es klingelte. Ich ging zur Tür und öffnete. *Die Leute kaufen sie und lesen sie nicht; denn was soll denn schon zum Lesen dran sein? Wenn man eine Zeile gelesen hat, was dann kommt, ist genauso.* Ich nahm sie an der Hand. Sie schwieg. Ich schwieg auch, *und so geht's weiter. So schreibt man ein Buch pro Tag. Und nicht lächerliche fünfzig im ganzen Leben. Man setzt sich an die Schreibmaschine und macht dreihundertfünfzig im Jahr, und dabei streift man auch seine Konkubine, die ebenfalls da sitzt und schreibt. Sie ist darauf spezialisiert zu schreiben, was er macht:* Jetzt sitzt er, jetzt schreibt er, jetzt streift er mich … *Und dann ist sie darauf spezialisiert zu sagen, was er in den Pausen mit ihr macht; was er zum Beispiel mit den Händen macht:* Er streift mich mit seinen langen schmalen Händen … *In Wirklichkeit sind sie kurz und plump, unglückliche Hände, die ein Maler, wenn er sie sehen würde, nicht porträtieren wollte. Aber es gibt Maler, die ihn trotzdem gemalt haben, Arschlöcher! Ihn und sie zusammen, den Schriftsteller und die Schriftstellerin, und sie haben seine Hände einfach länger gemalt, denn sonst würde es ja heißen: Das ist ein Analphabet! Auch sie wurde so gemalt, daß sie gebildet aussieht, sonst ist sie eher einem Brotlaib ähnlich.* … Jetzt streift er mich, *sagt sie,* und ein Schauer läuft mir über die ganze Haut … *Denn sie hat diese Sucht: Schauer und Haut, wer weiß, warum ihr diese Idee gefällt, daß er mit seinen plumpen Händen bald schreibt und bald sie streift, schreibt und sie streift, und so geht's den ganzen Tag, und dann kriegt sie einen Schauer und schreibt, einen Schauer und schreibt, und so weiter. Sie hat zehn Bücher gemacht, in denen sie sagt, daß sie immer schreibt; in dem Haus geschieht offenbar sonst nichts. Aber sie verkauft sehr viele Bücher; ich weiß nicht, was die Leute damit anfangen, zu erfahren, daß zwei zu Hause sind, zwei Arschlöcher, eins wie das andere, denn sie sind tatsächlich ganz gleich, sind aus demselben Holz, hunderttausend Exemplare, Fotos in den Zeitungen, und darunter würde ich schreiben: die zwei Arschlöcher … Arschloch eins mit Arschloch zwei … Aber wie heißen sie gleich? Du hast doch verstanden? Und dann, weißt du was? Verkehre mit ihnen! Das soll dir mein Unterricht beibringen: Du gehst in die Hauptstadt, wenn du wirklich Lust hast, und verkehrst mit ihnen, und du wirst sehen, dann stehst du auch in der Zeitung und bist schon ein Schriftsteller und gehörst zur Gesellschaft der Schriftsteller.* Ich schreibe gerade einen Roman … *so kannst du dann erzählen,* … über die Gesellschaft … *Und du kannst sagen, daß der Typ da, der Schriftsteller da dein Lehrer ist, dann wirst du sehen, daß du sofort Schriftsteller wirst, du brauchst gar nichts zu schreiben, du stellst dich als sein Schüler vor, so wie's der eine gemacht hat. Na, wie heißt er gleich? Der wohlerzogene, stinkreiche, der gesagt hat:* Ich bin der Schüler – *des Alten* – und ein wenig auch ihrer – *der Konkubine* – aber vor allem ihm verdanke ich meinen Stil. *Ich komm jetzt nicht auf den Namen, du weißt ihn bestimmt, denn du bist informiert über die Geschichten in der Hauptstadt. Nein? Nichts? Du bist nicht informiert? Du weißt die letzten Neuigkeiten nicht? Aber das ist einer mit einem Gesicht wie ein Arschloch, genau wie sein Lehrer, denn das ist eine Schule: er, der Alte und die Konkubine … eine Art Freimaurerbund der Arschlöcher, die einander abwechselnd die Stange halten, und der Schüler hat gesagt:* Alles, was ich gelernt habe, habe ich von ihm gelernt. *Und als es hieß, er soll es genauer erklären, was dieses Alles ist, da sagte der Schüler:* Der Mut! *Kapierst du das? Den Mut hat er gelernt; so ganz im allgemeinen. So kannst auch du den Mut lernen gehen, du schließt dich ihnen an, und ihr macht zusammen eine Schule, die vor nichts Angst hat, nicht einmal vor der*

Schande. Nach meiner Meinung kennst du den Schüler. Nachdem er Schriftsteller geworden war, hat er auch angefangen Bücher zu schreiben, eins nach dem anderen, alle über seine Beziehung zu dem alten Schriftsteller. Er besuchte ihn zu Hause, so erzählt der Schüler, und der Schriftsteller saß da und schrieb auf seiner Maschine und streifte ab und zu die Konkubine, die, kaum hatte er sie gestreift, als Reaktion auch anfing zu schreiben ... Er hat mich gestreift ... seine langen schmalen Hände ... *Und der Schüler sofort auch! Er saß neben ihr auf einem Schemel und schrieb auch:* ... seine Hände ... sein Mut ... *Denn ihm lag mehr am Mut als an den Schauern, darin unterschied er sich von der Konkubine, und dann gingen sie alle drei aus, unter die Journalisten und Fotografen, sonst hätten die sie ganz vergessen, und aus Schriftstellern wären sie verkommen zu ganz gewöhnlichen armen Arschlöchern, was sie ja in Wirklichkeit sind. Untereinander behielten sie sich jedoch stets im Auge, denn sonst fehlte es ihnen an Rohmaterial. Außerdem sagte der Alte zu seinem Schüler:* Also Frauen hab ich jede Menge ... da einige dort einige ... eigentlich überall, sogar im Zug ... auch auf einer Vespa ... Frauen hab ich jede Menge ... versteh mich recht ... ich meine, wenn ich wo hinkomme ... hab ich im ersten Moment schon eine ... sofort! ... Ich bin Schriftsteller, sage ich ... und sie sofort! *Aber in echt, höchstens noch seine Konkubine, aber nicht einmal, weil sie nie Zeit hatte, sie schrieb ja, und wenn sie nicht schrieb, hatte sie ihre Schauer, und dann sagte sie zu ihm:* Warte! Ich hab meine Schauer, warte, bis sie vorbei sind ... Und außerdem ist dein Schüler da, die ganze Zeit, und schaut uns zu, dann schreibt er nochmal einen Roman über uns ... Warte! ... Vielleicht morgen oder übermorgen, wenn meine Schauer vorbei sind. *Doch der Schüler glaubte alles, schrieb, daß sein Lehrer und die Frauen ... er stieg mit ihnen in einen Zug, und los ging's! ... Schon bevor er einstieg ... Ich bin Schriftsteller, sagte er ... und los ging's! Die Frau sofort! ... Noch bevor der Zug ankam ... noch bevor er am Bahnhof war. Oder sie fuhren mit der Vespa los ... Ich bin Schriftsteller ... und los ging's! Sofort! Auf der Vespa ... wie sie das machten, weiß ich nicht ... ohne anzuhalten ... Denn der Schriftsteller, so sagte sein Schüler, der war so faszinierend, daß es keine Hindernisse mehr gab, und keine Straßenschilder, er hat ein Buch darüber geschrieben, hunderttausend Exemplare, aber alles erstunken und erlogen; wenn er nämlich in den Zug einstieg, wurde er schläfrig, und wenn eine Frau da war, dann wurde sie auch sofort schläfrig, das ist seine Wirkung auf Frauen; wenn er eine auf der Vespa mitnimmt, dann fällt sie hinunter, weil sie einschläft, und wenn er mit der Vespa fährt, muß er ständig halten, um ein wenig zu schlafen. Hunderttausend Exemplare, alles erstunken und erlogen. Jetzt fällt es mir bestimmt ein, wie er heißt: er, der Schüler und die Konkubine; sie sind berühmt, doch sie erzählen nur Quatsch. Ja, du stell dich ihnen zur Verfügung, dann wirst du auch berühmt. Erzählst was Erstunkenes und Erlogenes ... Ich dagegen, bevor ich ein Wort niederschreibe, denke ich ein Jahr nach; ich schätze und wäge ein Wort, und dann bin ich ganz langsam, eine Destillerie. Mach's nicht so wie ich! Geh in ihre Schule ... und los! Sofort ein Buch! Einen Monat darauf, los! Wieder eins ... eins über den Schüler, eins über die Konkubine ... und einen Monat später, los! Das dritte, ganz über den alten Schriftsteller zum Beispiel, über seine Hände ... und los! Noch eins über die Frauen ... und noch eins nur mit Frauen auf der Vespa! Dann bist du auf einmal berühmt ... ich dagegen, wenn's nach mir ginge, ich würde sagen: Schreib alle drei Jahre ein Wort, und denke dann drei Jahre lang darüber nach, und laß dich nicht blicken, wenn du am Nachdenken bist. Wenn nämlich einer zehn Wörter in seinem ganzen Leben schreibt, fünf als junger Mann und fünf als alter, das ist fast schon zuviel. Doch, wenn du Erfolg willst, einen leichten und garantierten Erfolg, dann geh in die Haupt-*

stadt, werde ein Freimaurer, ein Schlaumeier, ein Arschloch. Auf Wiedersehn.

36. Schreibschule

Ein Schriftsteller, der schon berühmt war und auch im Ausland übersetzt wurde, hatte eine Schule aufgemacht. »Wer nicht leidet«, so sagte er zu seinen Schülern, »wird nie ein Schriftsteller.« Mit ihrem Einverständnis malträtierte er sie daher. Er teilte ohne Unterlaß Ohrfeigen oder Kopfnüsse aus, worauf er immer sagte: »Geh und schreib es!« Und die Schüler gingen und schrieben: »Heute habe ich zwei Kopfnüsse bekommen, heute habe ich eine Ohrfeige bekommen, ich bin noch ganz benommen.« Dann gaben sie es ihm zu lesen. »Das genügt nicht!« sagte er und teilte wieder Kopfnüsse und Ohrfeigen aus. »Schreibt!«, sagte er, »schreibt!« und folgte ihnen mit seinem Rohrstock die Treppe hinauf. Wenn er einen erwischte, zerrte er ihn am Ohr herbei und sagte: »Hast du geschrieben?« Und er schlug ihm mit dem Rohrstock auf die Finger, bis der Schüler schrie: »Ich hab schon geschrieben, ich hab schon geschrieben!« und ihm ein armseliges Blättchen zeigte, auf das er keinen Blick warf. »Das soll eine Schrift sein?« sagte er und zog ihn weiter am Ohr oder an der Nase, damit die anderen es hörten und in Leid und Angst lebten, was für einen Schriftsteller unerläßlich ist.

So ging es einige Monate lang auf der Schule. Mehrere Schüler dachten, sie seien nicht geeignet und verließen die Anstalt. Die anderen, die wirklich Schriftsteller werden wollten, waren voller blauer Flecken und hatten Schwellungen, geschwollene Ohren und Beulen am Kopf wegen der Nüsse, außerdem hatten sie andauernd Hunger (der Hunger gehörte zu den Erfahrungen, die an der Schule vorgesehen waren). Auf einmal zirkulierten dann Zettel mit den übelsten Beschimpfungen über den Schriftsteller. Der las sie nicht, sondern gab sie den Schülern zu essen, da sie nach seiner Meinung unwürdige Dummheiten enthielten und die Schüler noch nicht genug gelitten hatten.

Die Schüler, die im zweiten Semester noch geblieben waren, planten, den Schriftsteller, ihren Lehrer, umzubringen, so groß war ihr Haß gegen ihn; und sie ließen ihre Wut auf anonymen Blättchen aus, die sie überall hinlegten. »Du bist schlimmer als der Satan«, schrieben sie. Oder: »Du bist der Satan und hier ist die Hölle.« Abgesehen von Schimpfnamen wie »Kanaille! Impotenter Sack! Verarscher!« standen auch Rätsel auf den Blättchen: »Wer ist der König der Kanaillen? Wer ist hier drin der Ochs?« Und sie machten auch herabwürdigende Schilderungen des Schriftstellers, an dem sie alles bemerkten: den Gestank, die Zähne, das Glasauge, und auf ein ärmliches Leben und eine Kindheit als giftiger Frosch schlossen. Der Schriftsteller las nichts davon oder tat jedenfalls so, aber wenn er einen erwischen konnte, zwickte er ihm die Finger in eine Tür ein.

Hin und wieder kamen Eltern, um einen Sohn mit nach Hause zu nehmen. »Schriftsteller zu werden, ist keine Pflicht«, antwortete er auf die Beschwerden der Eltern.

Nicht immer blieb jemand bis zum Ende des Schuljahrs. Eigentlich mußte die Schule fast immer schon früher schließen. Wenn einer blieb, dann zum Beispiel, weil er ein Waisenkind war. Oder weil seine Mutter zu Hause eine Nutte war und der Stiefvater ein gewalttätiger Säufer; oder weil er von den Rassisten verfolgt wurde oder weil er politisch unerwünscht, obdachlos und staatenlos war.

Diese seltenen Fälle asozialer Individuen, denen vom Leben übel mitgespielt wurde, schrieben manchmal insgeheim etwas, das eine so entsetzliche Verfluchung des

Schriftstellers, der Schule, des Lebens und des Schreibens war, daß der Schüler, wenn es nach einer Durchsuchung in die Hände des Schriftstellers und Lehrers fiel, sofort in die nächsthöhere Klasse versetzt und hoch gelobt wurde. Das waren Glücksfälle, die von der eigentlichen Qualität der Schule zeugten; aber sie waren selten. Der Schriftsteller sagte, statistisch betrachtet, seien sie trotzdem beachtlich.

37. Blitz

An einem Sommertag aßen einige Schriftsteller an einem kühlen Ort zusammen eine Wassermelone. Es war Mittag, und alle waren vergnügt. Außer einem, der nicht redete und dem die Wassermelone nicht schmeckte und die sorglosen Zusammenkünfte sogenannter Schriftsteller auf dem Lande nicht behagten. Aber das störte keineswegs die allgemeine Freude und die leicht bukolische Stimmung auf der Wiese und in dem grünen Laubwerk des Baumes.

Doch auf einmal, ohne jegliche Vorankündigung, verdunkelte sich die Sonne, ein Wirbelwind kam auf, ein Donner wurde laut, dann noch einer, dann fielen vereinzelte dicke Regentropfen, worauf sich die Schriftsteller hastig von der Erde erhoben und sich die dicken Tropfen vermehrten. Und es folgte ein so dichter und so heftiger Regenschauer, als hätten sich alle Schleusen des Himmels geöffnet. Einige Schriftsteller blieben im unsicheren Schutz des Baumes, andere flüchteten sich in ein nahe gelegenes Haus, das sich aber als dachlose Ruine entpuppte; wieder andere bedeckten sich mit dem Tischtuch, das auf dem Boden gelegen hatte, wieder andere lachend mit Servietten und Papiertellern. Einer entkleidete sich vollkommen, um seine Kleider an einem trockenen Ort aufzubewahren, aber einen trockenen Ort gab es nicht. Und wieder ein anderer, nämlich der, dem die Wassermelone nicht schmeckte und die sogenannten Schriftsteller nicht behagten, stand, als hätte ihn das Gewitter auf den Plan gerufen, mitten in der Wiese und schaute in die Luft, wobei ihm das Wasser, das ihm ins Gesicht schlug und wie in eine Dachrinne über ihn lief, völlig gleichgültig war; er schien etwas zu bewundern oder von einer magnetischen Kraft angezogen zu sein: von einem elektrischen Bogen, der sich genau lotrecht über seinem Kopf bildete. Auf seinem Gesicht lag ein ekstatisches, leuchtendes Lächeln, hieß es nachher, wie bei einem Heiligen, wie zum Beispiel der heiligen Maria Magdalena dei Pazzi, sagte nachher einer.

Ein Blitz schlug ganz in der Nähe ein, und alle waren betäubt. Den Gegner der Wassermelone aber sah man ganz allein in der Wiese stehen, während der Hagel auf ihn niederprasselte und seine Füße in dem Wasser standen, das in Bächen an ihm herunterfloß, so daß ihn die anderen riefen, zweimal sogar: »Du ertrinkst!«, sagten sie. »Paß auf, du ertrinkst noch« dann ein zweites Mal.

Ein zweiter Blitz schlug ein, entsetzlich und in nächster Nähe, der alle erschreckte und halb blind machte, und hinterher hörte man es am Himmel ein wenig brutzeln. Das Gewitter dauerte eine halbe Stunde. Dann entfernte sich der Donner, die Luft hatte sich entladen, der Himmel wurde heiter und die schöne warme Sonne kam wieder hervor.

Die Schriftsteller freuten sich, wie nach einem schönen, ungewohnten Abenteuer. Sie wanden ihre Kleider aus und entleerten ihre Schuhe. Der Baum ließ die tausend Tropfen fallen, die in der Sonne funkelten; die Wiese hatte jeglichen Wasserrest aufgesogen. Sie beschlossen barfuß ins Dorf zu gehen. Sie waren zu zwölft. Zwölf sogenannte Schriftsteller. Es fehlte aber der unzufriedene Schriftsteller, der keine

Wassermelone mochte. Sie blickten um sich und sahen, daß an seinem Platz etwas lag, das wie nasse Reisigkohle aussah und noch ein wenig rauchte. Es war der unzufriedene Schriftsteller, den der Blitz eingeäschert hatte.

Sie sagten zueinander, sie müßten sofort sein Verschwinden anzeigen und dürften seine sterblichen Überreste nicht berühren.

Die heilige Maria Magdalena dei Pazzi, so sagte einer, sei aber in ihrem Bett, liebevoll umgeben von ihren Mitschwestern, eines natürlichen Todes gestorben.

»Ihr schmeckten Wassermelonen schon«, fügte einer hinzu.

Doch der Schriftsteller war schon immer ein etwas ungeselliger Typ gewesen.

»Wie hieß er eigentlich?«

»Wer weiß das schon?«

Und wer hatte eigentlich mit Maria Magdalena dei Pazzi angefangen? Denn abgesehen von dem armseligen Häufchen verbrannter Kohle kam ihnen bestenfalls noch das Gesicht des Schriftstellers in den Sinn, das keinen Glauben und keinen Idealismus verriet.

Jetzt war keiner mehr vergnügt. Barfuß und einzeln gingen sie dahin. Es hätte eine schöne Landpartie werden können, ohne Schwermut und ohne theoretische Diskussionen. Mancher dachte, daß auch schon früher, wenn der oben genannte Schriftsteller auftauchte, die allgemeine Heiterkeit am Ende unfehlbar verlorenging.

38. Zwischengeschoß in den Verlagen

Die Verlage haben in den Zwischengeschossen irgendwelche Nebenzimmer, dort steht ein Bett, in dem einer oder mehrere Schriftsteller im Verborgenen leben. Die

Verlage sind daran interessiert, sich die Schriftsteller anzueignen und sich gefügig zu machen. Um einen Schriftsteller so weit zu bringen, rühmen sie ihn zuerst und drücken ihn dann hinunter, bis er Lust bekommt, ins Kloster zu gehen oder Lust auf ein bißchen Krankenhaus. Da wendet er sich dann an seinen Verlag und läßt sich ins Zwischengeschoß einliefern, wo er unter der Rechtsprechung des Verlags steht. Ein Verlag kann etliche solche Schriftsteller aushalten, denn ein depressiver Schriftsteller kommt nicht teuer; er bleibt im Dunkeln und macht nur selten das Lämpchen an, er wäscht sich sparsam, ißt wenig, auch Essensreste, und trägt abgelegte Kleider. Durch seine Depressionen fühlt er sich überflüssig. Die Verlage sind daran interessiert, daß die Schriftsteller ihre Depressionen behalten, denn ein euphorischer Schriftsteller läßt sich nicht lenken, er verbraucht elektrischen Strom, warmes Wasser, Gas, will ins Theater gehen und keine abgelegten Kleider tragen. Und außerdem verschwindet er in anderen Verlagshäusern, wo er fremdgeht, Auftritte verspricht oder auch nur die Lektorinnen der anderen bezirzt und gratis telefoniert.

Ein Schriftsteller war schon seit mehreren Jahren in einem Zwischengeschoß eingeschlossen und dachte, der Verlag wolle nur sein Bestes. Hin und wieder schickte er nämlich eine junge Dame zu ihm, die vorsichtig eintrat und sich nach seiner Gesundheit erkundigte; sie fand Worte voll Diskretion und Rücksicht: »Der Verlag läßt fragen, wie Sie sich fühlen; der Verlag läßt fragen, ob Sie heute Ihren frisch gepreßten Saft bekommen haben.« Diese Besuche fanden abends oder am frühen Morgen statt, wenn der Schriftsteller im Bett lag. Die junge Dame streckte nur den Kopf hinein: »Darf ich?« flüsterte sie und beugte sich über den Schriftsteller; aber häufiger sah sie der Schriftsteller verschwommen am Bettrand sitzen, während sie belanglose Dinge sagte: »Heute haben wir im Büro Tee getrunken, der Verleger hat Kekse mitgebracht. Heute haben wir ein wenig früher aufgehört. Heute ist der einundzwanzigste März, niemand hatte Lust zu arbeiten.« Es kam auch eine andere junge Dame: die streichelte seine Hände, legte sich angezogen aufs Bett, während er schlief, und schlief eine halbe Stunde neben ihm, er unter der Decke und sie darauf. Und eine dritte, sehr muntere, junge Dame verscheuchte seine Trübsal; die brachte Kaffee mit und erklärte ihm ihre Bewunderung. »Ich habe doch nichts geschrieben, fast nichts«, sagte der Schriftsteller ausweichend. »Wissen Sie, daß wir Schriftsteller haben, die schon Tausende von Seiten geschrieben haben, aber keine einzige, die etwas taugt?« flüsterte sie ihm vertraulich ins Ohr und zeigte mit dem Finger nach oben. Aber während der Bürozeit packten den Schriftsteller aufs neue Angst und Ungeduld; er war in seinem Zwischengeschoß, so dachte er, wie eine arme Seele, die an den Ufern des Acheron umherirrte. Sein Ohr verfolgte immer die Geräusche im Stockwerk über ihm: Er hörte den erregten Schritt des Verlegers, das Getrippel im Lektorat und einen allgemeinen Galopp, zu dem die Informationsmittel aufhetzten, bis zum Höhepunkt, der mittags um zwölf erreicht war, wenn die Fernschreiber surrten, die Telefone schrillten und ein Stimmengewirr laut wurde, als gäbe es keine Zeit mehr zu verlieren, und als bekäme der Verlag plötzlich Fieber. Er hörte sogar, daß sein Name fiel und dazu mehrmals: »Steht unmittelbar bevor«, darauf ein Laufen, vielleicht der Boten. Das alles machte ihn sehr nervös, insbesondere die Stimmen am Telefon; es schien ihm, als würden sie immerzu von ihm sprechen, sie schienen ihn schon dem Ausland oder dem Fernsehen zu versprechen, als wäre schon etwas da, während es keine Zeile von ihm gab, nur Angst und Müßiggang existierten. Übergeht mich mit Stillschwei-

gen, hätte er bitten mögen; sagt, ich sei gestorben, man möge auf die Trauer Rücksicht nehmen. An manchen Tagen schien die Zimmerdecke so stimmdurchlässig zu sein, als hätte man eine Falltür geöffnet. »Jetzt warte ich schon fünf Jahre«, sagte der Verleger zu jemandem, der nicht redete, »wir haben dir ein Zimmer gegeben, und Heizung, Essen, fließendes Wasser, wir haben dir Blätter hingelegt; hast du deinen Roman geschrieben?« Der Verleger brüllte fürchterlich.
Einige Schriftsteller schreiben auf einmal ihren Roman, andere beuten zynisch die Verlage aus und mißbrauchen die jungen Damen. Unser Schriftsteller blieb immer dort und zappelte herum wie eine arme Seele, ohne etwas Gutes oder etwas Schlechtes zu machen.

39. Außerirdischer gebraten

Ein Schriftsteller, den sein statisches Leben geschwächt hatte, wollte trotzdem einen gigantischen Sciencefictionroman schreiben und seine faden, dürftigen autobiographischen Ergüsse einstellen. So begann er, mit einigen Blättern vor sich, an die Völker der Galaxe zu denken. Zwanghaft hatte er an sie gedacht, von Juni bis Dezember, bis er eines Morgens, während er vergeblich seinen Geist marterte, vor der Fensterscheibe ein außerirdisches Wesen sah. Tief beeindruckt öffnete er schleunigst das Fenster; das Wesen war nicht größer als eine Katze. Es sprang herein (draußen lag Schnee) und lief zum Gasofen, als würde es Wärme suchen. Es hatte zwei bewegliche Hörantennen, dazu andere kleinere Antennen und zwei magnetische Kugeln, mit denen es sich verständlich machte. Es schien in den Ofen hinein zu wollen und ließ eine Art Stöhnen hören. Dem Schriftsteller war klar, daß es aus einer wärmeren Welt kam; zum Beispiel – so dachte der Schriftsteller – vom Planeten Merkur, wo die Tagestemperatur vierhundert Grad Celsius beträgt. Das Wesen steckte in einem faserigen Überzug und schien mit seinen magnetischen Kugeln zu sagen: »Wärme mich.« Außerdem schien es ihm zu sagen: »Wie könnt ihr auf diesem eisigen Planeten leben?« Es sagte natürlich nichts, aber der Schriftsteller verstand es trotzdem über den Magnetismus, und er verstand auch, daß dieser Außerirdische selbst den Ofen als kalt empfand. »Ich weiß nicht, was ich tun soll«, antwortete er ihm einfach und langsam, wie man einem Schwerhörigen antwortet. Der Außerirdische fuhr mit seinem Stöhnen fort: »Schalte den Ofen höher«, schien er sagen zu wollen, und der Schriftsteller sah, wie die magnetischen Kugeln beinahe ausgingen und wieder leicht angingen. Er zögerte ihn anzufassen: Ein Außerirdischer kann bösartig sein, zum Beispiel einen Menschen anziehen und sich dann plötzlich seiner bemächtigen; oder auch einen Menschen anziehen und dann als Heizkissen benutzen. Er sah aber zahm aus. Also nahm ihn der Schriftsteller und legte ihn ins Backrohr. »Wenn er sich erst einmal erwärmt hat, diktiert er mir bestimmt sein Leben«, dachte der Schriftsteller, und er sah ihn im Backrohr sitzen wie einen, der sich dem Klima auf seinem Planeten nähert. Von den magnetischen Kugeln spürte er durch das Glas folgenden Sinn: »Danke, mein Freund.« Er stellte die höchste Temperatur ein und machte sich schleunigst Notizen, denn er spürte, daß der Außerirdische ein magnetisches Kraftfeld geschaffen hatte, durch das er ihm sein Leben und seine Reisen erzählte.

Er kam von einer dürren, heißen Welt, wo der Boden wie lackiert aussieht. Unter dem Boden brennt ein immerwährendes Feuer aus Kohlensäure und Sauerstoff, so daß die Atmosphäre glühend heiß ist. Wenn zum Beispiel aus einem Raumschiff jemand ein gerupftes Huhn dort hinlegen würde, wäre es in einer halben Stunde gebacken. Und man könnte auch Brot backen, denn dort herrscht die ideale Temperatur dafür. Und eine kleine Sonne dreht sich um den Planeten und kann einen Braten andünsten, wenn man einen dort hinlegen würde, und auch den Braten vom Fett befreien, sofern ihn die Astronauten rechtzeitig wegnehmen, indem sie mit ihrem Raumschiff in dreißig Minuten herunterkommen und den Braten mitnehmen, der dann sofort aufgetischt, aufgeschnitten und gegessen werden kann. In den heißesten Gegenden können Brotscheiben getoastet werden, zum Beispiel für das Frühstück. Aber wenn man das Brot auch nur eine Minute zu lang liegen läßt, ist es schon verbrannt, denn die kleine kreisende Sonne ist gnadenlos. Darum halten sich die Astronauten in der Nähe dieses Planten auf, ohne ihn aus den Augen zu verlieren, und wenn alles gebacken und gebräunt ist, wie es sein muß, transportieren sie es auf den kühleren Planeten nebenan, setzen sich dort zu Tisch und essen. Das ist das Leben in den unermeßlichen Räumen zwischen den Sternen, schrieb der Schriftsteller inspiriert auf ein Blatt. Da hörte er ein Geräusch in der Küche; er lief hinein und sah, daß der Außerirdische wie wild im Backofen um sich schlug. Er machte auf und der Außerirdische sprang heraus wie ein rauchender Dämon und ihm ins Gesicht, wobei er ihm mit einem spitzigen metallischen Gegenstand die Haut abzog, er zertrümmerte das Fenster und verschwand im Schnee auf den Dächern. Weder Lichter noch ähnliche Phänomene waren zu sehen.

»Das ist ein beschleunigter Organismus«, dachte der Schriftsteller, »dazu ausgerüstet, bei dreihundert Grad zu leben, dank einer schnelleren Bewegung der Moleküle, die uns als frenetische Eile erscheint.« Das dachte der Schriftsteller.

Im Backrohr sah es aus, als wäre einer Katze etwas abgebissen worden, und die Temperatur glich wahrscheinlich der des Ursprungsplaneten.

40. Leerstellen

Dies ist die Geschichte eines Schriftstellers, der, weil er sehr jung gestorben war, nicht die Zeit gehabt hatte, etwas in Druck zu geben. Mehr als ein Verleger ließ die Angehörigen wissen, er wolle die unveröffentlichten Manuskripte kaufen. Aber es wurden keine gefunden. Man fand dagegen einen Packen weißes, unbeschriebenes Papier; einhundertelf Blätter; das beeindruckte die Literaturkritik so sehr, daß dieser Schriftsteller in einer Literaturgeschichte als Ziel und Nabel des zwanzigsten Jahrhunderts auftauchte.

Mit ihm wird sich das anbrechende Jahrtausend messen müssen, steht in dieser allerneuesten Literaturgeschichte zu lesen.

Erst da machten die Angehörigen den Vorschlag, seine Blätter zu veröffentlichen, und nach vielen Schwierigkeiten fand sich ein Verleger, der dazu bereit war. Das Buch hat den Titel *Letztes unveröffentlichtes Manuskript des zwanzigsten Jahrhunderts*, und dann folgen zweihundertzweiundzwanzig leere Seiten. »Das ist ein Betrug«, sagte jemand. »Nein«, antwortete der Kritiker der allerneuesten Literaturgeschichte, »es handelt sich um ein Ereignis von ausschlaggebender, konsubstantieller Bedeutung: nämlich um die bloßgelegte Seele des Schriftstellers.«

Die Angehörigen unterschrieben einen Vertrag, wie er bei den Verlagen für erzählende Werke üblich ist: Die Erben bekommen zehn Prozent des Ladenpreises für jedes verkaufte Exemplar und ebenso fünfzig Prozent des Gewinns bei eventuellen Verfilmungen des Werks,

Übersetzungen in andere Sprachen, Veröffentlichungen in Zeitschriften oder Anthologien, auch einzelner Teile, Umarbeitungen für den Schulgebrauch, Verwendung im Theater, musikalischen, choreographischen und ähnlichen Gebrauch. Erlaubt sind Zitate, sofern sie nicht vom Original abweichen und nicht länger sind als zehn Zeilen.

Aber die Erben sahen alsbald, man plünderte das Werk ihres Anverwandten: es wurde lange daraus zitiert und seitenweise wortwörtlich abgeschrieben. Und sie sahen auch, daß im Ausland dasselbe geschah, wo man Stücke daraus übersetzte, ohne je die Quelle anzugeben, so daß es inzwischen das bekannteste Buch der Welt geworden war. Selbst in Uganda wurde daraus zitiert. Ebenso in Guatemala und in China. Und sie sahen, daß in den Schulbüchern Zusammenfassungen des Buchs standen, einfach zwischen zwei Kapiteln eingeflickt, wie ein simples Märchen ohne Angabe des Titels oder des Verfassers. Ach, unser armer, viel beweinter Schriftsteller!, sagten die Verwandten, wie wirst du verunstaltet, wie wirst du betrogen. Auch in der Musik, so sagten sie, kommt es vor, man hört Musik, und dazwischen die Zitate deiner stillen Worte.

Daraufhin kam es zu einer Kontroverse, die immer noch im Gange ist. Die Erben und mit ihnen der Verleger (der am verbissensten war) waren der Ansicht, daß von da an, das heißt vom Druckdatum des *Letzten unveröffentlichten Manuskripts* an, jeder, der eine leere Seite veröffentlichen oder auf einer Seite leere Zwischenräume über zehn Zeilen freilassen wolle, sich bei den Erben die Genehmigung einholen müsse. Daraus ergab sich dann im einzelnen Fall die entsprechende Bezahlung der Autorenrechte. Und aus der Hand eines forschen Anwalts, in seinem Innersten Schriftsteller, ergingen Zahlungsbefehle an alle größeren Verlage; gegen die kleineren sollte anschließend vorgegangen werden. Man hatte ausgerechnet, daß jedes im Handel befindliche Buch durchschnittlich zehn Prozent Zitate enthielt, speziell am Anfang und am Ende des Buchs und zwischen den einzelnen Kapiteln. Der Anwalt forderte zu den Zahlungen auf, andernfalls würde eine Anzeige bei den zuständigen Justizbehörden erfolgen und die ganze Auflage würde vorsichtshalber eingezogen. Dafür machte er das Urteil des Literaturkritikers geltend, nach dessen Ansicht der Schriftsteller die Herrschaft der Literatur auf die leere Seite ausgedehnt hatte, die früher niemands Eigentum gewesen, obschon vor aller Augen, und die nun sein Eigentum sei. Und, so fügte der Anwalt hinzu, Kunstwerke und schöpferische Werke im allgemeinen seien unveräußerliches Eigentum.

Im übrigen sei, wie der Kritiker sagte, an jedem leeren Platz einer Seite nunmehr unveräußerlich die bloße Seele des Schriftstellers gegenwärtig. Und die Angehörigen bestätigten: »Ja, unser Anverwandter saß jeden Tag an seinem Schreibtisch und entblößte seine Seele zweihundertzweiundzwanzig Seiten lang.« Der Schriftsteller soll beim Entblößen seiner Seele, während er am Schreibtisch saß, immer einen Finger in der Nase gehabt haben, gleich einem, der in der Nase bohrt. Aber die Biographie, so der Kritiker, dürfe niemals dem Werk übergeordnet werden.

Auf einmal machten sich einige Verleger Gedanken: Wer war dieser Schriftsteller? Wer war dieser Kritiker? Was wollten sie? Wollten sie, daß es in den Büchern keine leeren Stellen mehr geben sollte?

Zuletzt gab es ein Urteil, in dem die leere Seite zum Allgemeingut erklärt wurde, wie die Buchstaben des Alphabets, die Kommata, die Luft und so weiter: Das schrieb der Richter in der Urteilsbegründung. Daher müßte das Buch *Letztes unveröffentlichtes Manuskript* als ungebührliche Aneignung eines Allgemeinguts eigentlich aus dem Handel gezogen und die Erben zu einer Geldstrafe verurteilt werden. Aber in Anbetracht der Tatsache, daß diese Aneignung den Gebrauch der leeren Seiten nicht beeinträchtigt und deren naturgemäße Menge nicht verringert habe, werde das Verfahren eingestellt.

41. Briefe an Schriftsteller

Ein Schriftsteller schrieb anderen Schriftstellern Briefe, in denen er fragte, wie man sich als Schriftsteller fühle. Antworten kamen von Schriftstellern, die zu ihrem Unglück noch nie etwas geschrieben hatten: Man fühlt sich wie eine Henne, die es nicht schafft, ein Ei zu legen; man fühlt sich wie eine Bombe, die es nicht schafft zu explodieren; man fühlt sich nutzlos; ich habe zum Beispiel immer Kopfweh; ich fühle mich, als fehlten mir Axonen und Synapsen; oft fühlt man sich sprachlos; »warum bist du dann Schriftsteller?« wird man gefragt.

Einige Schriftsteller antworteten ausführlicher auf den Brief: Ich bin Schriftsteller, weil ich auf der ganzen Welt niemanden habe, der mich gern hat; ich bin Schriftsteller, weil ich, da ich arm und krank bin, keinen festen Wohnsitz und keine feste Freundin habe, aber auch keine gelegentliche oder fakultative, da ich zerlumpt und heruntergekommen bin, ich also von jetzt an ein Schriftsteller sein will, der sich befreit und Arbeitslosenunterstützung bekommt. Ich dagegen bin Schriftsteller, aber ich glaube, ich bin für jeden beliebigen Beruf geeignet. Ich glaube, ich bin für den Film geeignet. Ich für die Filmschauspielerinnen.

Die Antworten waren, wie man sieht, unterschiedlich, von unterschiedlichem Maß und Gewicht; aber zuletzt hatten diejenigen, die antworteten, tatsächlich geschrieben und konnten sich mit gutem Recht seitdem Schriftsteller nennen, wie der erste Schriftsteller richtig vorhergesehen hatte, als er den Briefwechsel in die Wege leitete. Die Briefe wurden dann in einem Heft gesammelt, wodurch bewiesen war, daß letzten Endes diejenigen Schriftsteller sind, die tatsächlich etwas geschrieben haben.

Betrachtete man jedoch die Frage ohne vorgefaßte Meinungen, dann handelte es sich wirklich um eine umfassende, überlegte und entsetzliche Ungerechtigkeit. Schweigen wir über den Fall der vielen Schriftsteller, die, obwohl sie den Brief bekommen hatten, nicht antworteten, und deren Schweigen nicht minder bedeutungsträchtig war als die kümmerlichen, speichelleckerischen Worte derer, die aus reinem Opportunismus antworteten. Ein Schriftsteller wollte zum Beispiel mit seinem Schweigen ausdrücken, daß er, wenn man ihm Fragen stellt, immer aus der Fassung gerät; ein anderer, daß er sich einer Schädelenge erfreute und stolz darauf war; ein anderer, daß er an einer angeborenen Dyslektik litt, weswegen er nicht verstand, was die anderen sagten, und oft auch nicht, was er selber sagte, und es daher vermied, etwas zu sagen; wieder ein anderer hatte geschwiegen, weil das Wirrwarr in seinem Kopf so groß war und schon so lange anhielt, daß ihm das Schreiben immer unmöglich gewesen war und er es allenfalls vorzog, Kreuzchen zu machen. Dieses sinnträchtige Schweigen hätte verdient, sagten manche, ebenfalls in einem Heft gesammelt und einer akkuraten Exegese unterzogen zu werden.

Aber vor allem gab es unzählige Schriftsteller, die gar nichts bekamen, weder einen Brief noch eine Glückwunschkarte, nicht einmal eine Zeile, in der man ihnen ganz allgemein gratulierte; und da diese bis dahin nie geschrieben hatten, schrieben sie auch bei dieser Gelegenheit nicht; sie konnten aber auch nicht sagen, sie hätten geschwiegen, wenn sie de facto auch schwiegen, und deshalb mit gutem Recht den eben genannten Schriftstellern gleichgesetzt werden können, die nicht antworteten und deren Schweigen trotzdem bedeutungsträchtig war.

Diese entwerteten, vernachlässigten, entlegitimierten Schriftsteller sieht man immer noch in der Nähe von Hauptpostämtern oder auch Postämtern in Außenbezirken herumstreichen, ohne sich jedoch bewußt zu sein, daß auch sie ein Anrecht auf einen Brief hätten, in dem sie gefragt werden, wie sie sich in ihrem entspannten, weichlichen, lasterhaften Leben fühlen, als Säufer und kleine Dealer; bald im Knast, bald in der Euphorie; bald freigebig, bald geizig, träg, neidisch oder stolz; immer bedrängt von der Bill und der Unbill der vier Jahreszeiten. Auf den Brief könnten sie aber auch nicht antworten oder ihn nicht lesen oder auch nicht wissen, daß er abgeschickt wurde, was in Wirklichkeit der Fall ist. Und somit bedeutet ihr Herumstreichen bald nahe bei Postämtern bald fern davon zumindest schon, daß sie, mehr als alles andere, nur der Anzahl halber auf die Welt gekommen sind und beinahe sofort darauf wieder verschwinden.

Deshalb sage ich, wenn in der Zwischenzeit ihr Schweigen als Supplement zu dem Heft veröffentlicht würde, dann wäre einer enormen und bösartigen Ungerechtigkeit abgeholfen.

42. Großer Schriftsteller und Spion

Dies ist die sich über Jahre hinziehende Geschichte eines Schriftstellers, der ein wenig zu groß geraten war, um Schriftsteller zu sein, und der bei den Schriftstellertagungen alle um Haupteslänge überragte, wodurch er sich schon beim bloßen Hinsehen als unbefugter Schriftsteller zeigte. Die anderen Schriftsteller konnten es kaum erwarten, daß er hinausging, denn Unerfahrene und Kinder, die den großen, herausragenden Mann sahen, neigten dazu, ihn für den Chef oder jedenfalls für eine eminent wichtige Persönlichkeit zu halten, während er, so sagten die Schriftsteller, nichts anderes war als ein übermäßig entwickelter, unbedeutender Lulatsch, der, außerdem völlig inkompetent, überall seine Nase hineinsteckte, nur kam, um zu spionieren und womöglich einige Sätze zu stehlen. Deshalb kam man stillschweigend überein, ihn bei der zweiten Tagung mit allen gesetzlich erlaubten Mitteln hinauszuekeln, um Mißverständnissen bei der Presse und der Bevölkerung vorzubeugen.

So ließ man zuerst einen Schriftsteller auftreten und sprechen, der so widerlich und farblos war, daß er einen reizte (nach der Meinung aller), der hätte den großen Schriftsteller dazu bringen sollen, daß er gereizt aus dem Saal ging. Man konnte aber sehen, daß er manierlich sitzen blieb und immer nickte.

Da ließ man einen zweiten Schriftsteller auftreten, der, wie alle sagten, schlimmer war als der erste, das heißt, abgesehen davon, daß er banal und höchst unverdaulich war, hatte er eine kreischende Stimme, anschließend einen dritten, der so langsam, schlaff und einfallslos war, daß sich alle die Hände rieben, als sie den Kopf des herausragenden Schriftstellers wackeln sahen. Er blieb aber auf seinem Platz sitzen, ja man sah, daß er sich sogar Notizen machte, als wäre in dem schrillen, mißtönenden Durcheinander irgend etwas zu beachten oder zu erkennen gewesen.

Es folgte ein vierter, der, so hieß es, mit seinen Reden jedes Parkett leerte. Und tatsächlich sehnten viele der Anwesenden die Befreiung vom Dasein herbei, andere wollten die Treppen hinunterlaufen und schreien, wieder andere aufs Land fliehen und Weinbauern werden. Deswegen herrschte Getrappel bei der Tagung, manche krümmten sich auf ihren Sitzen und murmelten: »Hoffentlich dauert's nicht lang!«; dabei behielten sie aber immer den hervorragenden Nacken des unbefugten Schriftstellers im Auge. Der sah aus, als würde ihn das alles nicht anfechten, er schien aufmerksam zuzuhören und machte sich weiter Notizen.

An dieser Stelle erschien eine Schulklasse zu Besuch, die gekommen war, um die Schriftsteller in echt zu sehen. In dem Moment sprach gerade ein Stotterer, den man hatte auftreten lassen, da er außerdem gedankenarm, aber hartnäckig und entnervend war. Im Saal roch es nach verfaultem Fisch, und die Schriftsteller sahen aus wie Kröten. Das schrieben die Schulkinder in ihren Aufsätzen und daß sie, wenn sie erst groß seien, lieber Eisenbahner oder Feuerwehrmänner werden wollten. Manche schrieben, daß bei den Schriftstellern gewöhnlich der Größte der Chef sei, und der Lehrer verbesserte es ihnen nicht.

Es war mitten am Nachmittag, und nun konnte als Redner auftreten, wer wollte, und den verkrampften Versuch machen, endlich die Geduld des unbefugten Schriftstellers und Spions zu erschüttern. Es wurden Reden gehalten, die selbst die Steine zur Verzweiflung gebracht hätten. Es sprach sogar ein Soziologe. Doch ist zu vermuten, daß der naturgegebenen Plumpheit eines jeden eine erhebliche Dosis Arglist beigemischt war, denn nicht leicht werden von Natur aus solche Gipfel oder Abgründe von Kleinkrämerei, Borniertheit, sinnloser Haarspalterei, Blödheit, Bosheit und Geistlosigkeit erreicht.

Um fünf Uhr nachmittags machten sie eine kleine Pause. Der große Schriftsteller stand auf und, anstatt wegzugehen, an die Bar oder aufs Klo zu eilen, was die Mehrzahl tat, ließ er seinen Blick mit großer Autorität in die Runde schweifen, so daß er von zwei Journalisten mit Mikrophon und von einem Fernsehjournalisten umringt wurde. Denen erstattete er einen maßvollen und zusammenfassenden Bericht, in dem er die neuen Tendenzen, die Bedeutung dieser Tagung darlegte und einige Einwände vorbrachte, die sich im übrigen – so sagte er – schon im Lauf der Diskussion gezeigt hätten und eine Betrachtung wert seien. Der Journalist hatte ihn mit seinem ganzen Namen vorgestellt; er sagte bescheiden, er sei eigentlich nur ein Zuhörer, aber in Wirklichkeit erschien er als das Haupt der ganzen Tagung oder auf jeden Fall die wirkliche intellektuelle Eminenz, mit der sich jeder Redner hatte messen müssen. Und das war in gewissem Sinn wahr, so daß es selbst die Unerfahrenen und die Kinder verstanden hatten.

Die Tagung wurde wieder aufgenommen und dauerte bis zum Abend und sogar noch länger; die Anwesenheit des Schriftstellers wurde nun schon als unerträglich empfunden, und die Redner drängten sich einer nach dem anderen, wobei sie versuchten, das Schlechteste von sich zu geben. Man hörte Reden voller *also, somit* und *weswegen,* vollgestopft mit *ich würde sagen, wie ich schon sagte, in Bezug auf*; sehr viele *man beachte,* und unendlich viele *von ausschlaggebender Bedeutung* wurden ausgesprochen. So daß sogar den Sprechenden die Ohren rauchten.

Das diente alles einem lobenswerten Zweck: dem Hinauswurf eines Spions.

Aber ein Schriftsteller im Publikum, der vielleicht sensibel, vielleicht der Sache nicht gewachsen war, hörte zu; und während er zuhörte, hoffte er: Es mögen auch nur für kurze Zeit die Nazis wiederkommen und die Schriftsteller verfolgt und er selbst in ein Vernichtungslager geworfen werden, um vor Hunger und Drangsal zu sterben, im Verein mit allen, die sich Schriftsteller nennen oder sich als solche hinstellen. Danach konnten augenblicklich Demokratie und Redefreiheit zurückkehren. Eigentlich, damit die Bevölkerung nicht leiden müßte, wünschte sich der Schriftsteller, ein Nazibonze hier im Saal möge nur auf ihn allein einen Schuß aus seinem Revolver abgeben, ohne Erklärungen. Wobei er, zu Boden fallend, »danke« sagen würde, und augenblicklich sollten die Nazis wieder verschwinden und die allemeine Demokratie zurückkehren. Da er das einzige Opfer wäre und der Nazismus nur wenige Sekunden gedauert hätte, hätte fast niemand etwas bemerkt. Dem das durch den Kopf ging, der war ich.

VI.
UNTERRICHT IM ZORN

Der Zorn ist der beste Ratgeber. Deshalb überlaß dich dem Zorn, sobald du kannst. Wenn dich jemand auf der Straße behindert und sich entschuldigt, laß dich nicht erweichen. Er entschuldigt sich und du hebst inzwischen einen Kieselstein auf und wirfst nach ihm. Du zielst auf seinen Mund, der sich entschuldigt hat. »Au, au, au«, fängt der andere an zu schreien, »ich flehe dich an, schlage mich nicht.« Da wirf ihn zu Boden und trete ihn mit den Füßen und sage: »Der Zorn hat mich gepackt, ich kann nichts dafür.« Denn der Zorn ist wie ein frischer Wind und du bist sein Segel. Erzürne dich gegen die Welt, wenn sie dir Widerstand leistet. Du stolperst über eine Stufe? Da nimmst du einen Preßluftbohrer, zerstückelst sie und zertrümmerst sie; und dann zertrümmerst du auch die anderen Stufen in der Nähe, die still zugeschaut haben; zertrümmere sie alle, bis aus der Treppe eine fortlaufende Steigung geworden ist. Und wenn es die Treppe bei dir zu Hause ist, freue dich jeden Tag, daß du sie so zugerichtet hast. Denn der Zorn ist es, der die Unterschiede einebnet. Wenn du auf der Straße drei Typen gehen siehst, von denen einer größer ist, erzürne dich gegen diesen, der sich unterscheiden will und herumgeht wie ein Monsignore mit zwei gewöhnlichen Pfaffen, und vor allem erzürne dich gegen die zwei Pfaffen, die mit dem Größeren unterwegs sind und wie gebückt aussehen. Brülle sie an und beschimpfe sie, weil sie ungerade sind und trotzdem auf der Straße herumlaufen, und drohe den zwei Kleineren, dann ziehst du ihnen die Hälse lang, bis sie gewachsen sind. Den Großen aber, den Größten, klagst du an, weil er die Sicht verperrt, schlag ihn krumm und bucklig, denn was zuviel ist, ist zuviel, da reizt auch eine Statur die Nerven, und wenn du ihn nicht sofort krumm und bucklig schlägst, deinen Zorn nicht ausläßt, ihn nicht dem Durchschnitt gleichmachst, fällt er dir in der Nacht wieder ein, wenn du ihn nicht mehr unter den Fingern hast, und dann erzürnst du dich vergeblich im Schlaf und es erscheint dir sein hagerer Kopf, der über das Niveau seiner zwei Kollegen hinausragt und immer hinausragen wird, wenn nicht jemand dafür sorgt, ihn gleichzumachen. Aber wenn dir zufällig drei von derselben Statur entgegenkommen und dich ansehen, als wollten sie sagen »miß uns!«, dann werde fuchsteufelswild, laß sie nicht in Frieden weggehen, als hättest du ihre Scheinheiligkeit, ihr träges, schöntuerisches Dasein nicht bemerkt, und wenn es drei Schüler sind, laß sie durchfallen, auch wenn du nicht der Lehrer bist, laß ihre Familien heulen; und wenn es zufällig drei Professoren sind, packe einen und gib ihm Tinte zu trinken, bis er sich unterscheidet; dann gib ihn den anderen beiden zu trinken, die als gleiche zugesehen haben, bis einer weint und der andere lacht. »Trinkt, trinkt weiter, wenn ihr Professoren seid«, denn allein beim Anhören dieser Worte »wir sind Professoren« begehre ich auf, schlage ich sie nieder; aber auch wenn ich andere Worte höre oder auch ein Wort, was soll ich sagen »Wettervorhersage« zum Beispiel, dann achte ich zuerst nicht darauf, bleibe ruhig, daher geht es langsam ein erstesmal vorbei und versucht wegzugehen; dann aber werde ich allmählich grimmig, wenn mir noch einmal gesagt wird »Wettervorhersage«. Vorhersage von was? sage ich. Und der Zorn steigt in mir hoch. Verstanden? Ich unterdrücke ihn nicht, den Zorn. Vorhersage für wen? Und es brennt in mir, ich zit-

tere ganz vor Jähzorn, denn das sind Worte, die möchte ich zermalmen, aber sie segeln dahin wie Luftballons voll Helium. Aber was ist denn das, was die vorhersagen wollen? Man kann ja nicht einmal einen Pickel vorhersagen. Und diese Aufgeblasenheit! »Wettervorhersage!« Ja, der Preßluftbohrer! Wenn du das Wetter vorhersagst, dann macht es genau das Gegenteil, denn es behagt ihm nicht einmal, daß du es nennst.

Also erzürne dich; das ist richtig. Auch Gott der Allmächtige erzürnte sich, denn die Welt hatte schließlich er gemacht, aber sie war ihm nie recht, und die Erklärung dafür ist, daß er sie gemacht hat, um sich zu erzürnen, sonst hätte er sie mit vollkommenem Gleichgewicht gemacht, oder er hätte gar nichts gemacht und hätte in alle Ewigkeit seine Ruhe gehabt, wie er seine Ruhe bis zu dem Punkt gehabt hatte. Gott der Allmächtige ist auf einmal explodiert, vor ungefähr fünfzehn Milliarden Jahren; das ist das Universum, und Er wird nicht aufhören zu explodieren, bis Er nicht alles zerstört hat. Nimm dir ein Beispiel, denn der Zorn ist kein Laster, sondern die einzige grundlegende Tugend.

Und wenn du dann kurz vor der Explosion bist und dir die Adern zittern und du in einen geometrischen Punkt von solcher Dichte zusammengepreßt bist, daß die Gesetze der Thermodynamik nicht mehr gelten, wenn dich der Zorn drängt und eine Quantenfluktuation genügt, um dich zu zünden, dann schiebe es nicht auf, weiche nicht aus, laufe und schreibe, laufe zu deinem Schreibtisch, denn dann wirst du Gott der Allmächtige sein und die Worte werden sich im Raum aufblähen, werden eine erkennbare Existenz annehmen und sich von Blatt zu Blatt zu einem unermeßlichen Werk ausdehnen; bis der Zorn erschöpft ist, leider, und aufs neue zerstreut in einem dünnen Gas aus immer schwächeren und unwirksamen Silben; und du wirst zurückkehren ins Schweigen, in die zeitlose Ruhe und zum Fast-Nichts, das auf der Kelvin-Skala beinahe die absolute Null ist.

43. Dünner und Dicker

Ein unglaublich dünner Schriftsteller wurde ununterbrochen ohnmächtig. »Iß was«, sagten die anderen. Aber ihm schmeckte nichts; das war das Problem. Er hatte die besten Ideen, aber sie verflüchtigten sich sofort, und wenn er versuchte sie aufzuschreiben, wurde ihm schwindelig. »Das ist, weil dein Zuckerspiegel zu niedrig ist«, sagten die vom Schriftstellerverband. Beim Schriftstellerverband mochten sie ihn gern; sie hatten ihn auf einem Schemel sitzen, streichelten ihm den Kopf, brachten ihm Fleischbrühe und informierten sich, ob eine Idee hängen geblieben sei. Aber der Schriftsteller wurde immer dünner und ausgemergelter. Und wenn zufällig eine Idee bei ihm hängen geblieben war, fiel er ohne weiteres vom Schemel. Dann zogen sie ihn hoch und setzten ihn wieder hin; aber er hatte aufs neue seinen Kopf im Nichts. Der Schriftstellerverband bestand aus zwei Zimmern, einem Zimmer für die Versammlungen und dem Vorzimmer. Der Schriftsteller saß im Vorzimmer, wo immer viel los war; wer ihn am Boden liegen sah, setzte ihn wieder hin und sah nach, ob er nicht zufällig etwas Geschriebenes gemacht hatte. Beim Verband betrachteten sie ihn als ein Symbol.

Oft leistete ihm ein fettleibiger und äußerst fruchtbarer Schriftsteller Gesellschaft, der geräuschvoll auf einer elektrischen Schreibmaschine schrieb. Er war immer guter Dinge, immer in Schweiß gebadet, selbst im Winter, sie brauchten nur zu sagen: »Schreibe!« Und schon schrieb er ohne Hemmungen an einem Roman, der nie ein Ende nahm und von dem er selbst nur eine sehr vage Vorstellung hatte. Da er eine kleine Wohnung, eine Frau und zahllose Kinder hatte, hielt auch er sich im Vorzimmer des Schriftstellerverbands auf, wo man hörte, wie er auf der Maschine schrieb und die Sätze dem unglaublich dünnen Schriftsteller vorträllerte, der seinen Kopf senkte und bescheiden in sich selbst versunken blieb. Es hieß, der Dicke schreibe, um sein Fett abzubauen. Es hieß auch, er schreibe mitgerissen von der elektrischen Maschine und von der Ungeduld, seine Finger zu bewegen. Aber auch der Dicke war ein Symbol. Wer vorbeikam, las seine wortreichen und sinnlosen Blätter und fühlte sich als der bessere Schriftsteller; dann sah er sich noch das Nichts an, das dem Dünnen entsprang, und war getröstet.

Wie man verstehen wird, war der Schriftstellerverband ein gemeinnütziger Verein, der Schriftsteller aufnahm, die kärglich schrieben, aber ein gutes Herz hatten. Jeder von ihnen schrieb alle fünf, sechs Jahre eine Seite; aber sie begnügten sich damit, auch wenn niemand wußte, was er dann mit dem Blatt Papier anfangen sollte, und sie es im allgemeinen wegwarfen. Dann geschah es eines Tages, daß ein Schriftsteller, der in jenem Jahr eine Zeile geschrieben hatte, stolzgeschwellt dachte, er habe eine unsterbliche Zeile geschrieben. Er hatte die Zeile immer bei sich und manchmal zeigte er sie her. Ein Verleger habe ihm vorgeschlagen, sie in einem Band zu veröffentlichen, sagte er. Ein Kritiker studiere sie im Moment und sei schon zur Hälfte durch, erzählte der hochmütige Schriftsteller den anderen im Vorzimmer, wobei er sich als Symbol empfand; vor Stolz aufgebläht versperrte er den anderen Schriftstellern den Eingang und den Ausgang.

Diese Neuheit ließ den Schriftstellerverband entarten. Von dem Tag an kamen alle mit Depressionen heraus, und der Verband löste sich auf. Es blieben nur der dünne Schriftsteller und der dicke in Miete, die vergeblich versuchten, miteinander zu verschmelzen. Wenn sie ein einziger gewesen wären, statt zwei, hätten sie einen Roman von mittleren Ausmaßen geschrieben; was nicht heißen soll einen mittelmäßigen.

44. Schriftsteller mit Mama

Ein Schriftsteller, der noch nicht wußte, daß er Schriftsteller sei, er war nämlich noch in zartem Alter, räkelte sich selig in seiner sorglosen Kindheit. Das heißt, er war vier Jahre alt und lebte fern der Belletristik und fern der Vorstellung, daß die Belletristik etwas sein könnte, das auf der Oberfläche der bewohnten Welt wächst und gedeiht. Der Schriftsteller lebte also bei seiner Mama, die ihn, da sie ein Fahrrad hatte, auf einen kleinen Sattel bei der Lenkstange setzte und ihn vergnügt ins Freie mitnahm. Die Mama wußte natürlich nicht, daß sie einen Schriftsteller transportierte, und also trat sie selig die Pedale, sorglos und leichtsinnig, wie eben die Mädchen mit dreiundzwanzig sind. Sie streichelte das noch kindliche Haar des Schriftstellers, küßte ihn praktisch überall, sie lachten miteinander, sie band ihm Schleifchen ins Haar wie einem Mädchen, was sie zu ihm sagte, war unschreibbares Zeug, und sie fuhren über die Landstraßen wie eine einzige Einheit, die sich selbst genügte. Ach! Wäre er doch nie mehr gewachsen! Ach! Wäre er doch auf ewig der Schriftsteller als Kind geblieben und seine Mama das schöne Mädchen auf dem Fahrrad, das ihm ganz ergeben war! Ach, wäre er doch nie vergangen, der Sommer, als er vier war, und sein Blumenduft, der neu für ihn war, seine Wiesen und Hecken, wo es nach Weißdorn und Wicken duftete: er, seine Mama und sonst niemand. Manchmal machte der Schriftsteller ins Bett, nicht oft, aber es kam vor; und seine Mama mochte ihn trotzdem immer noch gern. Nicht wie es später war, wenn er wegen solcher Dinge, wegen einer geringfügigen Inkontinenz oder auch nur wegen eines Furzes, den er bei einer Tagung gelassen hatte, oder wegen eines geruchlosen und fast geräuschlosen Windes, wegen einer Blähung von minimaler gesellschaftlicher Störung, die jeden Menschen befallen kann, speziell wenn er in den Versammlungsräumen den Luftzügen ausgesetzt ist, wenn er wegen solcher Dinge von den anderen Schriftstellern isoliert und auf den Index gesetzt wurde, zur Strafe in der Kälte bleiben und auf dem Marmor sitzen mußte, damit die Blähungen zunahmen und ihm bei der Diskussion zum Nachteil gereichten. »Mama, Mama«, flehte der Schriftsteller im Geist, während sie ihm den Prozeß machten, wie es bei den Schriftstellern der Brauch ist. »Mama, liebste Mama, du hast mir immer alles verziehen.« Die Schriftsteller nämlich, die immer wenig zu sagen hatten, schwärzten ihn daher immer an, vor allem wegen seines Bauchwehs, und selbst in den offiziellen Reden machten sie ihm seine Koliken zum Vorwurf, und wenn sie zu zwanzigst waren, traten sie zu zwanzigst gegen ihn an. Wenn der einundzwanzigste kam, sagte er zum Beispiel: »Was für ein Gestank! Was für ein übler Geruch! Bei dieser Luft wird einem übel! Werft ihn doch hinaus, das ist kein Schriftsteller, er entehrt uns, er entehrt die ganze Kategorie.« Dann sperrten sie ihn zum Hohn in ein Klo ein, während ihn seine Mama gewaschen, wohlriechend gepudert und mit in ihr Bett genommen hätte. »Liebste Mama, ich bin zweiundfünfzig, du bist wunderschön, für mich bist du immer dreiundzwanzig«, sagte der im Klo eingeschlossene Schriftsteller, während die anderen draußen klopften und ein Verhör vortäuschten: »Hast du alles geschrieben?«

Es waren die jüngeren Schriftsteller, die nicht ihre Mama im Kopf hatten. Sie waren ironisch. Wenn der Schriftsteller auf dem Klo seine Mama angefleht hätte: »Mama, warum quälen mich die?« gesagt hätte, dann hätten die einundzwanzig Schriftsteller noch andere herbeigerufen: »Kommt und hört!« Die Schriftsteller kommen zu Dutzenden, wenn man sich amüsieren kann; man ruft sie an, dann kommen zwanzig, dreißig und helfen mit

Knallfröschen, Papierbällchen und Wasserpistolen. Wenn es jemanden zu verspotten gibt, kommen sie gelaufen, insbesondere wenn sich einer, durch die theoretische Debatte geschwächt, ins Klo eingeschlossen hat und nicht mehr herauskommen will.

Die Mama des Schriftstellers war noch auf der Welt; es war eine alte Frau, die sich an nichts mehr erinnern konnte, auch nicht daran, daß sie einmal ein junges Mädchen gewesen war und den Schriftsteller über alles geliebt hatte. Sie las in ihrer Jugend Liebesromane, und in dem Sommer, als sie dreiundzwanzig war, dachte sie, wenn sie in der Wiese lag, mit dem kleinen Schriftsteller, der immer nahe bei ihr blieb, Grashalme für sie pflückte, sie dann umarmte und »Mama, Mama« sagte, da dachte sie, daß ihr Kind einmal Schriftsteller, ein berühmter Schriftsteller werden sollte, wie einer in einem Roman, den sie gelesen hatte, wo eine junge Frau auf dem Land einen faszinierenden Mann liebte, der sich dann auf einmal als Schriftsteller entpuppt und für sie den Kopf verliert. Den ganzen Sommer hatte sie diese Phantasie beschäftigt. Deshalb fuhr sie mit ihrem Fahrrad über Land, den kleinen Schriftsteller vor sich auf dem kleinen Sattel, ganz stolz auf ihn und gewissermaßen schon verliebt. Dazu kam der Blumenduft, die geschlossenen Tore gewisser wohlriechender Gärten, ihr romantisches Alter, der milde Sommer, die Zypressen, die Hecken, die grasbewachsenen Flußdämme, das Wasser, das aus den Anlagen rieselte, die Grillen in den Wiesen, wenn sie am späten Nachmittag heimwärts radelten. So, meine Herrschaften, kommt es, daß man Schriftsteller wird.

45. Freie und Unterjochte

Ein Schriftsteller hatte seine Theorie über die Freiheit des Schreibens, er war der Todfeind der unterjochten Schriftsteller und ein Feind jeder Schule. Er hatte daher die freien Schriftsteller um sich versammelt und sie traten alle zusammen für die Freiheit des Schreibens ein. Wenn sie, einem unvermittelten Trieb folgend, schrieben, war ihr Thema immer die Freiheit des Schreibens, für die sie eintraten, indem sie zum Beispiel den Theoretiker zitierten, der sich noch nie jemandem gebeugt hatte. Auch die Schüler hatten sich noch nie jemandem gebeugt; doch ist es nicht bekannt, daß je einer sie hätte beugen wollen, und auch der Meister hatte nie jemanden beugen wollen; auch hatte nie jemand versucht, sie ihrer Freiheit zu berauben. Trotzdem packte sie schon allein bei der Vorstellung eine so wilde Wut, daß sie häufig zu Diskussionen in der Öffentlichkeit und im Fernsehen eingeladen wurden, wo ihre Wutanfälle sehr effektvoll waren. Gewöhnlich wurden sie anderen pazifistischeren Schriftstellern gegenübergestellt, die aber die Rolle derer spielten, die sich verkauft hatten, auch wenn sie kaum etwas zu verkaufen hatten und auf jeden Fall nie ein Käufer, nicht einmal von der Ferne gesehen worden war, auch keine mutmaßlichen, hypothetischen oder künftigen Käufer.

Es gab zwölf Schriftsteller der Freiheit und zwölf Pazifisten, insgesamt waren es vierundzwanzig, die zwei Anführer inbegriffen. Früher waren es auf beiden Seiten viel mehr gewesen, aber das Leben des Schriftstellers ist hart, sowohl für die Freiheit wie für den Pazifismus, es ist nämlich reich an Entbehrungen, wirtschaftlichen Problemen, da sie oft Hunger leiden müssen, auch heute noch; der Hunger läßt sie abmagern und dauert grimmigst an, denn die Freiheit ist das Gegenteil des Kapitalismus, und der

Pazifismus macht keinen Gewinn auf dem Aktienmarkt. Nachdem also die Ränge gelichtet waren, wurden die vierundzwanzig Schriftsteller zu einem Abendessen mit Diskussion eingeladen, bei dem sie essen und diskutieren mußten, während das Publikum zuhörte und ebenfalls aß. Es hatte sich seit kurzem in der Kultur eingebürgert, das Denkerische mit der Gastronomie zu verbinden, was beiden Seiten hochwillkommen war. So wurde der Abend eingeleitet; aber die Schriftsteller der Freiheit lehnten es ab, sich manierlich zu verhalten, und ergriffen sogleich das Wort, schon vor der Vorspeise, indem sie ihre Gegner anklagten, sie seien Pazifisten, die sich dem Kapital verkauft hätten. Aber die Pazifisten antworteten nicht sofort, weil sie schon angefangen hatten zu essen; einige von ihnen hatten mit der Aussicht auf das Abendessen mit Diskussion schon eine Woche gefastet und hatten außerdem schon seit Monaten kaum etwas zu essen gehabt. Daher verschlangen sie sofort viele kleine Schnitten, nicht näher spezifizierte Essigfrüchte, Butter und dann das Brot, das dazugehörte, und Salami, die sie aber nicht erkannten. Einige tranken auch das Öl, andere aßen das Salz. Darauf bat der Anführer der Pazifisten um das Wort und erklärte sich als Pazifisten, nannte jeden der anwesenden Pazifisten beim Namen, die sich nacheinander erhoben und dabei einen Satz über den Weltfrieden sagten.

Vor Wut über diese Bulimie waren die Schriftsteller der Freiheit über die Wurstwaren, die Mayonnaise (die reichlich vorhanden war und in einem Augenblick verschwand), die Essigzwiebelchen und die Kapern hergefallen; von den letzteren wurde auch der Essig getrunken, wenn auch mit Widerwillen, weil die Schriftsteller der Freiheit alles haßten, was sie hätte unterjochen können, so auch das Essen und folglich den Essig. Doch gaben sie zu, daß man von Natur das Essen brauchte, also aßen sie alle Grissini auf, die auf dem Tisch lagen, einer aß den Pfeffer, dann tranken sie Wein und, da sich ihre Gemüter erhitzten, klagten sie das Pulikum an, sie beeinflussen zu wollen, aber sie würden sich nie zu einem Kompromiß herablassen, und bei diesen Worten wurden die ersten Gänge aufgetragen, denen sich die Pazifisten ohne Zögern widmeten. Hin und wieder ließ einer von ihnen einen Spruch hören, denn es war ja ein Abendessen mit Diskussion, darauf tranken sie reichlich, damit die Teigwaren aller Arten und der geriebene Käse, was sie sich alles unentwegt auf die Teller luden, besser die Speiseröhre hinunterrutschten.

Auf ähnliche Weise verschlangen die Schriftsteller der Freiheit Makkaroni gemischt mit Bandnudeln und in der Pfanne gebackenen Meerestieren, denn es gehörte nicht zu ihrem Stil etwas zu unterscheiden, und dazu wetterten sie lautstark gegen die allgemeine Sklaverei, gegen die sie selbst jedoch gefeit seien.

Es kam eine Pause, in der die Pazifisten ein wenig erschlafft und ein wenig verstopft still blieben, während die Schriftsteller der Freiheit, feuerrot im Gesicht, heisere Schreie der Unabhängigkeit auszustoßen versuchten.

Dann gab es Brühwürste, die sogenannten Cotechini: Ein Schriftsteller aus der Reihe der Pazifisten aß sechs, denn, wie er sagte, hatte er Hunger; sie legten ihn auf die Erde, als er den siebten aufgegessen hatte und daraufhin, in den nächsten Monaten, hat ihn niemand mehr gesehen. Zwei Schriftsteller der Freiheit, die ihrerseits zweiunddreißig Koteletts und mehrere Kilo Gelatine gegessen hatten, hatten flammende Gesichter und riefen trotzdem »Es lebe die Freiheit«, worauf sie umfielen, außer ihnen gab es noch andere Gefallene entweder wegen der gefüllten Auberginen oder des zu reichlichen Kohls oder des Schmorbratens oder einfach wegen des Weins, der durch die Kehlen lief, und man merkte gar nicht, daß man trank, so groß war die

Sehnsucht und der freie Wille. Drei Pazifisten klagten über heftige Blinddarmschmerzen; in verschiedenen Fällen stand man kurz vor dem Schlaganfall, es gab akute Beschwerden im Zwölffingerdarm, Fälle von Enterokolitis, schwere Verstopfungen, und insgesamt endete das Abendessen mit Diskussion mit einem Massensterben an beiden Fronten, aber es war für die einen eine Schlacht für die Unabhängigkeit und die anderen eine radikale Friedensdemonstration.

Von den beiden Parteien ist nichts mehr geblieben, außer einem einsamen chronisch dyspetischen und agnostischen Schriftsteller, der sich nicht in die Politik einmischen will und sich erinnert, an dem berühmten Abendessen mit Diskussion teilgenommen zu haben, doch weiß er nicht mehr, in welchem der beiden ideologischen Lager.

46. Genossenschaft für Selbstzahler

Eines Tages riefen einige malträtierte und nie publizierte Schriftsteller eine Schriftstellergenossenschaft ins Leben, deren erster Artikel vorsah, die Schriften der malträtierten und nicht publizierten Schriftsteller zu publizieren, und das, um zu beweisen, daß es sich bei den malträtierten und nicht publizierten oft um Meisterwerke handelt, zum Beispiel ihre eigenen, die dann auch als erste publiziert wurden. Zu der Schriftstellergenossenschaft gehörten fünf Schriftsteller, zu denen später noch viele andere kamen, die von den Verlagen ebenso malträtiert und von vorneherein abgelehnt worden waren. Jeder neue Schriftsteller mußte bei der Genossenschaft einen Mitgliedsbeitrag einzahlen, der den Kosten für den Druck und der Auflage des Buchs gleichkam.

Da passierte es, daß einige Kritiker, die von den Zeitschriften für Literaturkritik als unfähig betrachtet wurden, aber nach ihren eigenen Aussagen subtilste, blockfreie Geister, sich zusammentaten und eine Zeitschrift für Literaturkritik ins Leben riefen, die sich auf malträtierte und unbeachtete Schriftsteller spezialisieren wollte, die in Wirklichkeit noch nicht entdeckte Meisterwerke geschrieben hatten. So rezensierten die Kritiker der Zeitschrift die Schriftsteller der Genossenschaft aus naturgegebener Affinität, indem sie sagten, jeder von ihnen sei der Verfasser eines Meisterwerks, das eine bis dahin noch nie festgestellte Gattung für sich darstelle. Aber damit sie das sagten, verlangten sie von dem rezensierten Schriftsteller ein Abonnement als Förderer und dasselbe von neun Bewunderern, die er zu nennen hatte, es konnten auch Freunde, Bürokollegen und nahe Verwandte sein. Der Förderer bezahlte für das Abonnement den ums Zehnfache erhöhten Preis. Diese Auslage war notwendig, um die einzige Zeitschrift am Leben zu erhalten, die über die Meisterwerke von Heute die Wahrheit sagte, da die anderen Zeitschriften von den Verlagen geknechtet wurden und zu falschen Aussagen neigten. Aber die Verlage führten einen unerbittlichen Krieg gegen die Schriftstellergenossenschaft und die Zeitschrift der blockfreien Kritiker, so daß sich die Bücher nicht verkauften; es habe daher keinen Sinn, sie zum Verkauf anzubieten, sagten die fünf Gründer der Genossenschaft, denn auch die Buchhändler waren Todfeinde des Schönen und der wahren Meisterwerke, die eine gewisse Anzahl von Jahren im Schatten bleiben mußten, bis sie plötzlich explodieren würden: Dann würden sich viele in die eigenen Finger beißen, sagten sich die fünf, und die Geschichte der Literatur werde neu zu schreiben sein. Dasselbe schrieben in ihrer Zeitschrift die blockfreien Kritiker, die auch zu fünft waren; und es waren in Wirklichkeit die fünf Gründer der Genossenschaft, die ihre

Artikel mit Pseudonymen unterzeichneten, um beim Kritisieren und Beurteilen mehr Freiheit zu haben. Dieses autarke Verlagssystem lebte bestens: 1440 Schriftsteller (außer den fünf Gründern) waren publiziert worden, lauter Meisterwerke, jedes einer neuen Gattung, und gleichzeitig waren 14.400 Abonnements für die Zeitschrift gemacht worden. Die Schriftsteller konnten ihre eigenen Bücher kaufen und verschenken, was sich rentierte: denn so wurde die Kultur verbreitet, wenn nämlich ein Buch vergriffen war, dann teilte es der Kritiker mit neuen Lobeshymnen in der Zeitschrift mit. Diese Mitteilung war durch zehn neue Abonnements zu unterstützen. Wenn es 15 wurden, hatte der Schriftsteller ein Anrecht auf ein Interview über sein Meisterwerk. Bei 30 auf ein Gespräch am runden Tisch. Bei 50 oder mehr Abonnements wurde in den Räumen der Zeitschrift eine eigene Tagung mit kaltem Buffet veranstaltet. So waren 650 Meisterwerke in kurzer Zeit vergriffen; bei 200 wurde es in der Zeitschrift mitgeteilt, bei 100 mit einem Interview und bei 12 mit einer Diskussion. Wenn man auch eine eigene Tagung mitrechnet, dann waren es insgesamt 3230 Abonnements, die zusammen mit den früheren eine Summe von 17.630 ergaben. Es handelte sich um Dreijahresabonnements.

Allerdings war unter den verschiedenen Schriftstellern der am meisten gefeierte, rezensierte und immer wieder gedruckte, über den im Lauf der Jahre zahlreiche Tagungen mit kaltem Buffet veranstaltet wurden und der häufig interviewt wurde, ein Schriftsteller, der in äußerster Armut lebte. Er hatte von einem Großvater und einem Onkel mütterlicherseits ein nicht unansehnliches Vermögen geerbt, das ihm mit dem Erfolg unter den Fingern zerronnen war. Man berechne, wieviel zehn Tagungen kosten können. Die blockfreien Kritiker waren der Ansicht, es habe sich um einen gerechtfertigten und rauschenden Erfolg gehandelt, denn die Seiten seines Buches (eines kurzen, aber dichten Meisterwerks) hinterließen beim ersten Lesen einen großen Eindruck; aber wenn man sie heute wieder lesen würde, so fragten sie, würden sie dann zeigen, daß sie in der Zeit bestehen bleiben? Die fünf Schriftsteller der Genossenschaft fragten auch: Könnte man vielleicht eine Tagung darüber veranstalten? Aber der letzte Neudruck lag unverkauft da und der arme, untröstliche Schriftsteller ahnte, daß seinetwegen die Geschichte der Literatur nicht neu geschrieben zu werden brauchte, denn er hatte keinen roten Heller mehr auszugeben.

47. Schweizer Engel

Ein Schriftsteller, dem nichts mehr einfiel und dessen Gefühlsleben verkümmert war, bekam eines Morgens Besuch von einem schielenden und barfüßigen Individuum mit ungepflegtem Bart und leichtem Körpergeruch, das sagte, es sei ein Engel aus dem Paradies, von Gott dem Allmächtigen eigens zu ihm geschickt. Doch habe er kein Geld; ob ihm der Schriftsteller ein Hotel bezahlen könne. Der Schriftsteller fragte, aus welchem Grund er geschickt worden sei, und der Engel sagte, er wisse es nicht, denn die unergründlichen Pläne Gottes könne auch er nicht wissen. Er könne ihm doch inzwischen das Hotel zahlen und ihm ein wenig Geld für die kleinen Ausgaben geben, er sei nämlich sehr müde und ohne jegliches Gepäck. Der Schriftsteller begleitete ihn in ein Hotel mittlerer Preislage und unterwegs fragte er ihn, wie das Paradies sei. Der Engel sagte, er könne sich im Augenblick nicht daran erinnern, trotz seiner Anstrengungen; und das müsse wohl zum unergründlichen Plan Gottes gehören. Vor zwei Tagen sei er plötzlich in einem Zug gewesen, ohne alles, auch ohne Fahrkarte; er habe nicht gewußt, wohin er fahren sollte. Beim ersten Bahnhof habe man ihn mit Gewalt aus dem Zug geworfen. Er sei dann in eine Straßenbahn gestiegen, auch da habe er bei der ersten Haltestelle aussteigen müssen. Dann sei er in die erste Seitenstraße eingebogen, in die Staubstraße, und habe an der ersten Tür, zu der er gekommen sei, geklingelt, denn so hätten die Dinge offenbar laufen müssen. Der Schriftsteller wohnte in der Staubstraße Nummer eins und es war seine Klingel gewesen.

Im Hotel sagte der Schriftsteller, es handle sich trotz des Aussehens um einen ordentlichen Menschen; man habe ihm alles gestohlen und er garantiere für ihn. Er erfand dann, daß er in der Schweiz wohne und Hans Meyer heiße.

An den folgenden Tagen stellte ihm der Schriftsteller viele Fragen, denn er glaubte, der Engel würde ihn inspirieren. Aber dieser Engel hatte eine totale Amnesie, und seine Phantasie war auch kümmerlich. Er sagte nur, er würde ihn nicht gern weiter um Geld bitten, ein festes Einkommen wäre ihm lieber, und dem Hotel würde er das kleine Zimmer unter der Wohnung des Schriftstellers vorziehen, wo früher der Portier gewohnt habe.

Man sah den Engel hinter dem Glas der Portiersloge sitzen und unentwegt fernsehen. Der Schriftsteller kam oft hinunter und wollte wissen, ob die totale Amnesie wieder vergangen sei und er ihm etwas erzählen könne, das ihn wieder inspirieren würde. Zum Beispiel einige Kernsätze Gottes oder einige Sätze, die ihm Gott für seinen zukünftigen Roman schickte. Aber der Engel wollte nur über Sport reden, weil er sich jetzt für den Sport im Fernsehen begeisterte und in seinem Kopf immer noch die totale Amnesie herrschte.

»Wie ist denn so das Paradies?« fragte der Schriftsteller.

»Ich bin nie dort gewesen.«
»Wie ist das möglich?«
»Weiß ich nicht, ich bin doch nicht allwissend.«

Vielleicht war es ein unerwünschter Engel, so dachte der Schriftsteller, Schrott aus dem Jenseits in Menschengestalt oder das Überbleibsel einer allgemeinen Krise des Himmels. Nur einmal sagte er, er heiße tatsächlich Hans Meyer und gehöre im Jenseits zu der Kategorie der Schweizer Engel; er sagte auch, darin sei der Schriftsteller wohl unmittelbar von Gott inspiriert worden. In der Portiersloge roch es auf jeden Fall nicht gerade hygienisch nach wildem Kaninchen; der Schriftsteller forderte den Engel wiederholt auf, sich wenigstens hin und wieder zu waschen. Er antwortete, das sei er nicht gewöhnt.

Dieser Schriftsteller hinterließ dann einige Blätter, die ein Fachgelehrter, der verzweifelt nach unveröffentlichten Werken suchte, als atheistisch-theologische Notizen einordnete. »Die Engel sind Geisteskranke, und man weiß nicht, warum Gott sie schickt«, steht auf einem Blatt zu lesen. Ein anderes Blatt machte den Kritiker noch stutziger: »Die Engel«, so heißt es dort, »sind aristokratische Gauner, elende Angeber, obdachlose Faulenzer; die Engel stinken wie Kaninchen, angenommen sie stinken; oft hat einer von ihnen Krätze.« Die Notizen blieben aber unveröffentlicht, und der Schriftsteller konnte nie in das goldene Buch der Schriftstellerei aufgenommen werden.

48. Pinguine als Schriftsteller

Ein Schriftsteller fuhr, angefeuert von anderen bösen Schriftstellern, die ihm Alkohol zu trinken gegeben hatten, mit einem Schlauchboot aufs Meer hinaus; es war an einem entsetzlich windigen Tag. Er ruderte nur wenige

Minuten, während die anderen Schriftsteller, ebenfalls betrunken, ihn vom Strand aus mit derben Rufen weiter anspornten. Dann wurde er von einem entsetzlichen Landwind erfaßt, auf die kurzen, sehr niedrigen Wellen gelüpft und begann mit ungeheurer Schnelligkeit zu fliegen, denn er wie auch das Schlauchboot waren federleicht. Das Lachen verging ihm, als das Land verschwand und der Wind eine Geschwindigkeit von mindestens hundertfünfzig Kilometer pro Stunde erreichte. Er hatte das Schlauchboot unter Lachen und Scherzen genommen; denn die ganze Schriftstellergesellschaft brüllte: »Fahren wir mit dem Schlauchboot weg und hören wir auf zu schreiben.« Aber weggefahren war nur er und jetzt, wo ihn keiner sah, gab es wenig zu lachen; man wußte nicht, wohin ihn der Wind tragen würde und was aus ihm und dem Schlauchboot werden sollte. Außerdem ging der Nachmittag auf sein Ende zu, eigentlich war er schon zu Ende und es war beinahe schon Nacht. Er hatte sich in ein Wachstuch eingewickelt. Das war sein Glück; denn sonst wäre er vor Kälte umgekommen. Die ganze Nacht flitzte er weiter wie ein Fähnchen in der Gewalt der Winde. Am Himmel waren zahllose Sterne, und das Meer war voller Lichter, aber das konnte er nicht erkennen, weil er kurzsichtig war und seine Brille schon bei der Abfahrt verloren hatte.

Der Wind dauerte zwei Tage und zwei Nächte lang. Beim Anbruch des dritten Tages hörte der Wind unvermittelt auf, und der Schriftsteller sah, daß er auf einer Insel gestrandet war; es war eine kleine felsige Insel mit Kiesbuchten. Später erzählte er, daß auf dieser Insel nur Schriftsteller wohnten. Sie standen alle am Strand. Es dürften eintausend oder zweitausend gewesen sein. Und als er an Land ging, erschraken viele, wahrscheinlich wegen des Wachstuchs und seines gespenstischen Aussehens. Auf jeden Fall kam ihm keiner zu Hilfe und keiner fragte ihn, wer er sei.

Es handelt sich um lauter Schriftsteller, so erzählte er später, die wahrscheinlich zu schreiben aufgehört haben und auch zum Sprechen keine Lust mehr haben; sie schweigen nämlich und streichen traurig herum. Als er mit einem zu sprechen versuchte, mußte er ihm nachlaufen, denn sie haben solche Angst vor dem Reden, daß sie, um es zu vermeiden, lieber ins Meer springen. Und viele der Anwesenden sprangen, um das unnütze Gerede zu vermeiden, tatsächlich lieber ins Meer. »Ich will nur Wasser zum Trinken!« schrie er. Aber die Schriftsteller schwammen davon wie Aale. Auf einmal erkannte er unter den anderen den Schriftsteller Nicolò Calopresti, der aber schon seit Jahren gestorben sein mußte. Wenn er es nicht selbst war, dann hatte er einen Doppelgänger: die spitze Nase, die kleine Statur, immer halb betrunken. Er rief ihn: »Calopresti!« Aber Calopresti befand sich wahrscheinlich hier, weil er keine Lust mehr zum Reden hatte. Er lief ihm nach. Er sah, daß er unbeholfen lief, als hätte er zu weite Schuhe an; er hätte ihn auch eingeholt, wenn er nicht ins Meer gesprungen wäre. »Calopresti«, rief er eine Zeitlang vom Strand aus, »ich bin's« und dann sagte er seinen Vor- und Nachnamen. Aber es half nichts. In der Ferne erkannte er noch andere, die zwischen den Felsen herumirrten, als hätten sie die Erinnerung verloren. Wenn es ein Fegefeuer gäbe, so sagte der Schriftsteller später, dann wäre es so. Sie waren nämlich alle wie Totengräber angezogen und waren gemeine Egoisten ohne das geringste menschliche Mitgefühl; kein brüderliches Zeichen, kein Wort, nie, während er das alles so nötig gehabt hätte.

Er hatte damals einen solchen Hunger, daß er sogar daran dachte, einen Schriftsteller einzufangen und aufzuessen. Dann trank er die Eier, die die Schriftsteller, wer weiß warum, überall liegen ließen; diese Schriftsteller vergaßen nämlich beim Weglaufen gelbliche Eier auf der

Erde, die nach Fisch schmeckten. Er trank so viele davon aus, daß er wie entseelt in das Schlauchboot fiel, und aufs neue trug ihn der Wind in bewußtlosem Zustand davon.

Dieser Schriftsteller wurde vierzehn Tage später auf der anderen Seite des Meeres gefunden, im Delirium, aber noch am Leben. Alle diese Geschehnisse erzählte er später, als er aus dem Krankenhaus entlassen wurde.

49. Skripturalhypertrophie

In manchen Epochen der Geschichte der Gesellschaft werden die Schriftsteller immer mehr, bis sie schließlich die Gesamtheit der Bevölkerung ausmachen; die zivilisierte Gesellschaft stirbt aus oder sucht erbittert Zuflucht jenseits des Ozeans oder verkommt zu armseligen menschlichen Resten, die nicht wissen, woran sie sich halten sollen. Dieses Phänomen ist unter der Bezeichnung Skripturalhypertrophie bekannt; es befällt den einzelnen Menschen und in der Folge die Gesellschaft. Man sieht etwa den Bauern auf seinem Traktor sitzen, der mit einem Blatt Papier in der Hand ins Schreiben versunken ist, während der Ackerbau darniederliegt, die Kühe muhen, das Heu unberührt in der Scheune liegen bleibt, die Schweine lauthals schimpfen und ebenso die Hühner, Enten und Hähne.

Man schreibt in den Straßenbahnen; alle schreiben verbissen, gewöhnlich Anmerkungen, indem jeder das, was ein anderer geschrieben hat, mit Anmerkungen versieht, weswegen man sich gegenseitig beobachtet und schreibt, daß die Straßenbahn voll schreibender Schriftsteller ist; auch der Straßenbahner schreibt, der, da er nur die Schienen vor sich hat, jedoch schreibt, das Leben habe für ihn keinen Sinn, folglich bleibt die Straßenbahn stehen, denn in einer Schriftstellergesellschaft gibt es mehr Zeit dafür, daß man sich Fragen stellt, als Zeit dafür, daß die Verkehrsmittel funktionieren. Wenn ein zivilisierter Mensch in der Bahn sitzt, der gegen die Schreibsucht immun ist und die Geduld verliert, dann schreit er den Straßenbahner an, schüttelt ihn, zieht ihm den Hals lang, gibt dem Stift einen Fausthieb. Das alles bringt die Fahrgäste in Ekstase, die dadurch etwas zu schreiben haben, und sogar der Straßenbahner ist begeistert, zieht einen neuen Stift aus der Tasche und schreibt seine Eindrücke nieder, wie er nämlich vom Fehlen des Sinns unvermittelt zur Dynamik der Wirklichkeit übergegangen ist.

Die Skripturalhypertrophie ist eine sehr schwere Krankheit, die, abgesehen von den Epidemien, jeden in jeglichem Alter befallen kann. Am anfälligsten ist der Halbwüchsige, er schreibt heimlich und bekommt dabei Rachitis, sein Schlund trocknet aus, seine Zunge schwillt an, sein Atem ist abgehackt und riecht faulig; er hat keine Freude mehr am Spiel und sitzt lustlos in der Schule, so daß er die Lehrer reizt, die ihn als ungenügend einstufen. Auch im Unterricht schreibt der Kranke heimlich. »Was ist denn das?« sagt der Lehrer und konfisziert ein langes sinnloses Geschreibsel, auf Grund dessen man ihn auffordert, sich in Behandlung zu begeben. Über dieses Übel gibt es noch keine hinreichende Information. Der Zustand des Jungen verschlimmert sich, die Eltern wollen nicht zugeben, daß dieses Gebrechen in ihrer Familie vorkommt, denn noch ist das Vorurteil verbreitet, die Skripturalhypertrophie sei lasterhaft und nicht pathologisch. Im alten Römischen Reich wurde dem Jungen die Hand abgeschlagen, im Mittelalter wurde sie ihm verbrannt, und manchmal wurde ihm auch gleich sein Haus und seine Familie verbrannt. Auf jeden Fall wächst der Junge nicht. In seinem Alter beginnt den meisten das weibliche Geschlecht zu gefallen, und die Jungen schließen sich naturgemäß zu

Cliquen zusammen, die herumschlendern und sich in die Reden der jungen Fräuleins einmischen. Der hypertrophische Junge geht selten aus dem Haus; aber er schaut sich die Mädchen durch die Ritzen der Fensterläden an, doch dann treibt ihn seine Hypertrophie dazu, nur seine Klagen aufzuschreiben. Zum Beispiel: »Heute ist Frühling, und ich habe auf der Straße drei Fräuleins gesehen; jetzt ist es fünf Uhr nachmittags, ich habe noch zwei gesehen. Sechs Uhr: Ich beobachte die drei Fräuleins, die ich schon vorhin vorbeigehen sah, gefolgt von den soeben genannten zwei. Im ganzen sind es fünf, die zwischen fünf und sechs auf der Straße vorübergingen. Vielleicht liebe ich die Vierte, aber ich schreibe es bebend, denn eines Tages wird die Geschichte über diese meine Liebesworte richten.«

Man bemerke, wie einfallslos, eintönig, repetitiv, elementar und ungenau der hypertrophische Schriftsteller ist. Was heißt zum Beispiel, ich liebe die Vierte? Wer ist denn diese Vierte? Bitte Vor- und Nachnamen! Wie kann ein Schriftsteller nur so allgemein sein? Die Geschichte wird über mich richten. Über den richte ich jetzt: Er ist ein Arschloch, Schriftsteller! Sonst noch was! Ein Angeber ist das. Nein, da schmeichle ich ihm ja schon fast; das ist einfach ein Blödmann, ein echter Blödmann, der gern Nummern nennt. Drei Mädchen plus zwei, also fünf Mädchen, die Geschichte wird über mich richten! Aber ich sage, muß es sein, daß man sich so einen Blödsinn anhört? Was soll das überhaupt heißen, ich liebe die Vierte? Das begreife ich nicht. Also wenn einer sagt, vielleicht liebe ich die Vierte, das nervt mich sofort. Was will er denn damit: »vielleicht«? Entscheiden soll er sich! Und außerdem, wer ist die Vierte? Wie soll sie heißen? Drei plus zwei macht fünf, ich liebe die Vierte. So, ohne alles, steht plötzlich die Vierte da. Wer ist denn das? Wie soll man sie erkennen? Die Mädchen sind ja nicht numeriert. Hätte er meinetwegen gesagt: es gibt eine Erste, eine Zweite, eine Dritte, eine Vierte und so weiter und so fort. Gut, es gibt also eine, die von jetzt an immer die Vierte ist und die liebe ich. Das ist nichts Besonderes, aber etwas ist es doch. Wenn sie vorbeigehen, zähle ich sie: die Vierte, aha, das ist die, die ich liebe. Das ist zwar nicht der Gipfel der Literatur, aber wenigstens vernünftig gedacht. Der dagegen, habt ihr gehört, wie beknackt, bescheuert, hirnverbrannt der ist, ein Volltrottel!

Also, das wärs. Ich habe ein Beispiel angeführt; frei erfunden von mir. Aber ihr seht, auch wenn es frei erfunden ist, die Skripturalhypertrophie nervt augenblicklich, so daß man sich nur wünscht, nie mehr etwas davon hören zu müssen.

VII.
UNTERRICHT IM STOLZ

Lektion Nummer sieben. Das ist die Lektion Nummer sieben, oder? Du weißt es nicht? Kannst es nicht genau sagen? Macht nichts. Aber irgendwas kannst du doch? Kannst du reden? Gut, schon mal was, besser als nichts. Ich hab nämlich gedacht, du bist taubstumm, nur nach deinem Gesicht zu schließen. Kannst du denn kein anderes Gesicht machen? Nein? Kannst du nicht? Bist so auf die Welt gekommen? Hattest dieses Gesicht also schon im Ei drin. Und deine Mutter? Was hat sie denn gesagt, als sie dich gesehen hat? Laß hören. Ist sie erschrocken? Bleib doch nicht immer stumm, du kannst sagen: Meine Mutter ist erschrocken, ja mein Herr; sie dachte an Kindsmord; meine Mutter hat mich nur behalten, weil ich zum Erbarmen aussah. Es gäbe viel zu sagen. Siehst du? Oder wünschen der gnädige Herr, daß ich deutlicher spreche? Ich weiß nicht, wer du bist, und es liegt mir auch nicht viel daran, ehrlich gesagt. Wenn man mir gesagt hätte: Da ist ein Schnabeltier, das möchte Unterricht nehmen, oder ein Schnabeligel, weißt du, was ich geantwortet hätte? Daß es für mich ein und dasselbe ist. Ich werde bezahlt, hast du verstanden? Und ich werde gut bezahlt, also ist alles andere zweitrangig. Glaubst du vielleicht, ich würde mich vor einem Schnabeltier fürchten? Da täuschst du dich. So ein Schnabeltier, etwas lernt auch das. Nur bei dir habe ich meine Zweifel, ob du etwas lernen kannst, wenn du nur den Bleistift da kauen kannst. Was bist du? Ein Wiederkäuer? Nein? Hast du nein gesagt? Auf jeden Fall bist du ein Säugetier, das muß ich wohl daraus schließen. Oder nicht? Du legst keine Eier. Wie das Schnabeltier, das aber welche legt. Wußtest du das? Nein? Wußtest du nicht? Aber in der Rangordnung der Lebewesen würdest du trotzdem mehr gelten als ein Schnabeltier. Da staunst du, was? Und mit Recht, denn auch ich hätte nicht angenommen, daß du ein wenig mehr bist als das Schnabeltier. Bei deinem Gesichtsausdruck und dem Gesicht, von dem man sich nicht viel erwartet, weißt du, wo ich dich eingeordnet hätte, willst du's wissen, bei den Schwämmen im besten Fall. Ja, bei den Badeschwämmen. Doch stehe ich hier vor einem Säugetier, das keine Eier legt; also theoretisch kannst du das Schnabeltier von oben herunter anschauen, denn es hat es nicht geschafft, ein vollständiges Säugetier zu werden. Aber du hast etwas mehr geschafft. Und wenn einer ein Säugetier ist, das ist, wie wenn er schon etwas gelernt hätte. Wenn du dagegen ein Schwamm wärst, was du scheinst, aber nicht bist, Irrtümer ausgenommen, dann müßte man bei einer durchaus elementaren Unterrichtsstufe anfangen, also praktisch Grundstufe. Und so siehst du, daß es selbst für dich, der du nichts anderes kannst, als am Bleistift kauen, wie ich sehe … schmeckt's? kau nur, kau nur! … schon einen Grund zum Stolz gäbe … aber nimm doch den Bleistift aus dem Mund! … Obwohl ein Annelide, ein Wurm, ein Blutegel mehr zu sagen haben könnten, wenn sie hier wären, und dich für beschränkter, für zurückgebliebener halten könnten als sich, bei deinem intelligenten Gesichtsausdruck; ein Bandwurm oder ein Spulwurm könnten sich wunder wie aufspielen, könnten sich über dein Gesicht lustig machen, denn im Vergleich zu den ihren ist deins vielleicht kümmerlicher und schäbiger. Hast du verstanden? Hast du etwas verstanden? Oder sperrst du dich gegen Begriffe? Aber du sagst mir ja, du bist ein Säugetier. Gut, ich antworte dir, dann können wir mit einem Fortgeschrittenenkurs anfangen, oder? Also, nimm den Bleistift aus dem Mund; nimm ihn heraus und schreibe: Ich bin kein Annelide. Hast du's geschrieben? Aber was machst du denn mit dem Bleistift? Möchtest du ihn ganz aufessen? Komm nicht in meine Nähe, bitte, und schreib: Ich bin gekommen, um etwas zu lernen, weil ich ein Säugetier bin. Schreibst du nicht? Ist es nicht in Ordnung so? Hast du Zweifel? Was käust du denn wieder? Erscheint dir das zu viel? Mir ist nämlich bekannt, daß du nicht nur ein Säugetier bist, sondern sogar ein zweibeiniges Säugetier: Da ist ein zweibeiniges Säugetier, wurde mir gesagt, das möchte etwas lernen. Aber ... was ist das? Schmeckt ein Bleistift gut? Oder kaust du ihn zur Übung? Ja? Zur Übung? Damit du nicht aus der Übung kommst? Dann kau, kau, dann bekommst du noch kräftigere Kiefermuskeln, und es öffnen sich dir neue Horizonte, glaube ich. Na, los! Der Bleistift enthält Phosphor und tut dir gut, dabei wirst du erleuchtet. Aber bitte nicht in meiner Nähe; setz dich dort hinten hin, ganz hinten, außerhalb meiner Reichweite, und kaue, irgendwas wirst schon damit erreichen. So beginnen die Schriftsteller ihre Karriere: Sie essen zwei oder drei Bleistifte, und schon haben sie eine Inspiration. Hast du schon eine? Eine Vision? Noch nicht? Soll ich jemanden rufen, der dir hilft? Beim Kauen? ... Also, wir haben gesagt, du bist ein Zweibeiner, aber auch das Huhn ist ein Zweibeiner. Könnte ein Huhn etwas lernen? Schreiben? Wer weiß, vielleicht hat es auch seine Eindrücke; aber das Arme kann nicht mit einem Bleistift umgehen, was du kannst, nicht wahr? Also, wie du siehst, hast du in der Rangordnung der Lebewesen einen Grund, stolz auf dich zu sein und du hast einen Bleistift im Mund stecken, wie man es noch bei keinem anderen Zweibeiner gesehen hat, nicht wahr? Oder haben dir die Hühner schon manchmal Kopfzerbrechen gemacht? Haben sie dich ausgelacht? Nein? Ist bis jetzt noch nicht passiert? Ihr seid euch immer mit Respekt begegnet. Ja? Gut, mein Kompliment ...

Nein! Nimm ihn nicht aus dem Mund, kaue, kaue ruhig, ich sehe, das ist der beste Gebrauch, den du davon machen kannst; aber nicht in meiner Nähe, denn mich, ehrlich gesagt, das muß ich dir gestehen, ein wenig, ein ganz klein wenig ekelt es mich davor. Also ich, wie ich in dieses dein Klassenzimmer kam und dich so sah, dachte ich: Hmm ..., da gibt es kaum eine Hoffnung, bei der niedrigen Stirn, die du hast, dem leblosen Auge und diesem Kiefer ... Aber dann, bei deinem Verbrauch von Bleistiften, nicht wahr? da dachte ich mir, der wird noch schön langsam die ganze Rangordnung der Lebewesen hochsteigen, und wenn er so weitermacht, du wirst sehen, der wird zumindest noch ein Profi-Schriftsteller; mit seinem Bleistift im Mund wird er zumindest, wenn er weiterkaut und in die Luft schaut, kriegt er zumindest noch eine direkte Verbindung zu Gott dem Allmächtigen oder irgendeinem Vize, der ihn inspiriert. Also will ich nicht länger stören, ich will dich nicht ablenken, dir nicht deine Karriere verderben, kaue gut, kaue ihn ganz, bis zum Ende, deinen Bleistift, und du wirst sehen, wenn du hier allein bleibst, gesammelt und beharrlich, du wirst sehen, früher oder später kommt die Offenbarung: Also, dem Vize befohlen, auf Wiedersehn und grüß ihn von mir.

ABSCHIED VOM BUCH

Abschließend scheint es, als sei die geistige Tätigkeit des Lesens in hohem Maße ungesund und führe zu einer rascheren Verwesung der Körper. Der Anblick eines Lesesaals erweckt bei einem normalen Bürger eine leichte Abscheu, wie etwa ein Saal mit vielen Kranken oder ein Schlafsaal der öffentlichen Wohlfahrt, wo arme Teufel ihren Körper hinlegen, in dem zwar noch Leben ist, obschon in abgeschwächter Form.

Wenn die Bibliotheken im Freien, auf Wiesen wären, und die Leser sich über das Land und die Weiden verstreuen könnten, wenn sie ihre Füße in ein fließendes Gewässer stellen könnten und ihr Kopf immer frisch und kühl bliebe, das wäre weitaus gesünder, und das Personal würde sich zu einer optimistischeren Philosophie bekennen. Würde dann auch noch ein immerwährendes, leichtes Lüftchen wehen, das die Seiten bewegt und Schuppen sowie ausgefallene Haare wegfegt, dann wäre es eine Art irdisches Paradies, so etwas wie ein immerwährender Monat Mai.

Leider ist kein bibliothekarisches Paradies bekannt; niemand hat es sich vorgestellt. Im gewöhnlichen Paradies, das sage ich ungern, gibt es nur wenige Bücher, es sieht eigentlich eher nach einem erheblichen Maß von Analphabetentum aus.

Trotzdem muß man anerkennen, daß eine fortgesetzte Bibliothekserfahrung dem Menschen einen Vorteil für die Zukunft bietet, denn sie ist eine tiefere Vorbereitung auf den Friedhof und den Tod oder, mit anderen Worten, eine Vorbereitung auf das Jenseits. Man kann nämlich behaupten, daß das Fegefeuer, wenn es so etwas gibt (und es sieht ganz danach aus), große Ähnlichkeit mit einer veralteten Bibliothek hat. Es läßt sich beschreiben: ein etwas trister, weit ausgedehnter, holzgetäfelter Ort mit spärlichem, künstlichem Licht, wo man eben hingeht, um sich zu bessern. Man sitzt – Jahrhunderte lang – an einem Tisch mit anderen Verlassenen, mit denen man aber nicht redet. Nie. Verboten. Und die ein wenig nach Leiche und nach unzerstörbarem Zigarettenrauch riechen. Im allgemeinen sitzt man im Fegefeuer da und wartet auf ein Buch; man weiß nicht genau auf welches. Denn im Fegefeuer hat man kein besonders gutes Gedächtnis. Man kann Jahre lang warten. Und das Warten tut dem Geist gut; es befreit ihn von der ängstlichen Ungeduld und der Hast des modernen Lebens und führt zur Mäßigung.

In den ersten Monaten des Wartens stampft man mit den Füßen und bekommt Hunger. Unter den Bänken machen illegitime Salamibrötchen die Runde. Sie sind eigentlich im Fegefeuer nicht zugelassen; vor allem ist die Salami nicht zugelassen. Aber die Ungeduld macht hungrig: Wer gerade angekommen ist, weiß noch nicht, daß die Geduld das Zeichen der Besserung ist; um jedoch Geduld zu beweisen, sind Jahrhunderte nötig. In gewissem Sinn wäre die ganze Ewigkeit nötig. Denn es kann der Fall eintreten, und es ist nicht selten so, daß nach tausend Jahren Schweigen und Ergebenheit, ohne daß je ein Buch von den Befugten gebracht worden wäre, die Seele plötzlich von Ungeduld und Zorn erfaßt wird; sie sich zum Beispiel in ihrer Bank erhebt und lauthals das Fegefeuer und das

System der Buchverteilung beschimpft oder fragt, ob ihr Leihschein vielleicht in einer Schublade des Himmels verlorengegangen sei (und das ist Ironie, die Tochter des Stolzes), oder es kann der Fall eintreten, daß eine Seele in ein Brot beißt, das sie vor Jahrhunderten gekauft hat, aber bis zu dem Moment mit Gleichgültigkeit und Bescheidenheit in einer Tasche stecken hatte, zusammen mit einer eingewickelten Salami. Ein solches Aufbrausen der Nerven oder der Eßlust zeigt, daß tausend Jahre nichts geholfen haben und man noch nicht gelernt hat, was Geduld ist.

Man weiß außerdem nicht, ob es überhaupt Bücher gibt, noch ob manchmal eines ausgegeben wird. Dies wird nicht enthüllt. Und wenn es wirklich welche geben sollte, kann man sich nur schwer vorstellen, um was für Bücher es sich handelt; wahrscheinlich um gelehrte Texte, Kritiken, Kommentare zu Kommentaren, so langweilig, daß wir hier auf der Erde es uns nie vorstellen könnten.

Es gibt auch andere Fegefeuer, die aber alle in irgendeiner Hinsicht dem Prinzip der Bibliothek gleichen. Es gibt zum Beispiel eines, das einem Krankenhaus ziemlich ähnlich ist. Dort liegt man tausend Jahre lang im Bett, in Sälen mit endlosen Reihen von Betten und einem immer brennenden schwachen Neonlicht. Dort ist man ein wenig schwach, hin und wieder geht man einige Meter, aber es wird einem schwindlig; man geht in Pantoffeln nur wenige Minuten, alle zweihundert Jahre einmal, dann kehrt man sofort wieder in sein Bett zurück. Statt der Bibliothekare sind hier Krankenpfleger und Nonnen, eigens für das Fegefeuer konzipierte Nonnen, auf die man praktisch immer wartet. Man wartet zum Beispiel auf eine Injektion oder ein Klistier – Jahrhunderte lang. Bis einem das Zeitgefühl abhanden kommt. Man hört jemanden jammern, etwa wegen einer Kolik, er jammert oft Monate lang, Tag und Nacht, oder Jahre lang, ein Zeichen von wenig Geduld und wenig Ergebenheit.

Andere Fegefeuer sehen aus wie ein Büro in einem Ministerium. Wieder andere wie eine Kaserne (die sind am lächerlichsten, denn man steht immer als Posten in einem Wächterhäuschen und wartet auf auf ein stets bevorstehendes Habtacht). Wieder andere sehen aus wie ein Klassenzimmer in der Schule, aber der Lehrer kommt nie herein; man sieht nur von fern am Eingang den Hausmeister, der sagt: »… Ruhe! Der Lehrer kommt«. Dann verschwindet er auf den Gängen mit dem stellvertretenden Direktor, und es vergehen Jahre, bevor er wieder an der Tür erscheint und sagt: »… er ist schon da; Ruhe! Auf die Plätze!« Dieses schulmäßige Fegefeuer befindet sich auf der niedrigsten Stufe des Jenseits, denn hier herrscht keine spontane Ruhe wie zum Beispiel in einem Krankenhaus oder in einer Bibliothek. Die Seelen, die in einem Klassenzimmer landen, sind noch voller Unruhe, sie schießen zum Beispiel leidenschaftlich mit Gummis oder ziehen sich gegenseitig an irgendwelchen Härchen und lachen, vor allem lachen sie; es sind Seelen, die leise über Albernheiten von geringstem Geist lachen. Es handelt sich um ein dümmliches, leises, verbreitetes Lachen; es dauert Monate, nachdem einer mit einem simplen Gummi geschossen hat, zum Beispiel auf den Hausmeister oder in Richtung des Lehrerzimmers, des mutmaßlichen Lehrerzimmers. Das um zu sagen, wie endemisch das Lachen hier ist und wie weit von der Geduld und der Besserung entfernt.

Aber offenbar gibt es auch im Fegefeuer eine Karriere, und die Schulklasse ist nur für die Neuankömmlinge, die noch voller Hitzen und Eitelkeiten sind. Nach mehreren Jahrhunderten flaut die Hitze ab und man kommt in die Kaserne; dann kommt das Büro, Tausende von Jahren, ohne etwas zu tun, hinter einem Schreibtisch warten, bis es sechs Uhr abend wird, was es einfach nicht werden will. Dann kommt die Bibliothek (aber nicht unterschiedslos für alle) oder andere Fegefeuer desselben Ranges. Dann das Krankenhaus. Und zuletzt eine Art Friedhof, in den man kommt, wenn man vollkommen ruhig geworden ist und kein Laster mehr hat; und dort wartet man ewig auf man weiß nicht was; manchmal mit einem Buch wie diesem unter dem Kopf, das einem Gesellschaft leistet.

© Ekko von Schwichow

Ermanno Cavazzoni wurde 1947 in Reggio Emilia geboren und lebt in Bologna.
Im Verlag Klaus Wagenbach erschienen von ihm *Gesang der Mondköpfe* (Quart*buch)* und *Kurze Lebensläufe der Idioten* (WAT)

Ermanno Cavazzoni im Verlag Klaus Wagenbach

Die italienische Originalausgabe erschien 2002 unter dem Titel
Gli scrittori inutili bei Feltrinelli in Mailand.

Emser Straße 40/41, 10719 Berlin
Umschlaggestaltung Birgit Thiel unter Verwendung
der Illustration *Capitano* von Lodovico Ottavio Burnacini
Gesetzt aus der Caslon von Greiner & Reichel, Köln
Druck und Bindung von Clausen & Bosse, Leck
Bucheinbandstoffe von Herzog, Beimerstetten
Printed in Germany.
ISBN 3 8031 3179 0